그게 너라면

그 게
너 라 면

이은용 소설

문학동네

차례

일 년 전 오늘

엄마는 열여덟에 나를 낳았다. 지금의 내 나이에 엄마가 된 거다. 열여덟에 부모가 된다는 건 어떤 걸까. 종종 생각해 봤지만 도무지 짐작이 가지 않아 나는 머리를 휘젓고는 했다.

"엄마 대단하지?" 하고 엄마가 물었을 때 나는 바로 "어."라고 대답했다. 의미가 어떻든 대단한 건 사실이니까. 다른 사람의 도움이 상당 부분 있었지만 엄마는 혼자서 나를 키웠고, 여전히 키우고 있다. 엄마가 나를 받아들였다는 사실을 나는 늘 감사하게 여긴다. 그 하나만으로도 축복받은 기분이 들었다. 비록 아빠의 자리는 비어 있더라도.

내가 생겼을 때 아빠는 엄마보다 한 살 많았지만 역시나 어린 나이였다. 아마도 아빠는 실감이 나지 않았고 두려웠고 감당하기 어려웠을 것이다, 라고 나는 수없이 생각했으나 그렇다고 아빠를 이해해 줄 수는 없었다. 아빠가 있다고 무조건 더 축복받은 삶이 되는 건 아니라는 정도로 위안 삼았다.

얼추 부모의 나이가 되고 나서 나는 스스로 어른이라 자부했고, 머지않아 엄마에게서 독립한 완전체가 되리라 다짐했다. 엄마에게 자유를 주고 싶다는 건 솔직히 서너 번째 정도의 이유였다. 그보다 나에게 올 또 다른 축복을 직접 찾아 나설 작정이었는데, 거기에 대해서는 늘 자신이 있어 상상만으로도 벅차오르고는 했다. 그러니까 일 년 전, 그 일이 내게 오기 전까지는 그랬다.

— 가을아, 어디쯤이야?

기차역에 도착했을 때 엄마에게서 메시지가 왔다. 휴대폰 화면에 떴다가 이내 사라지는 글자를 보았지만, 대화 창을 열지는 않았다. 답장을 해도 엄마는 또 메시지를 보낼 거라 한꺼번에 보고 대답하는 편이 나았다.

제기랄. 아이 취급을 받을 때마다 내가 매번 기분이 상한다는 걸 엄마는 알지 못했다. 학년이 올라가면서 조금씩 느슨해지던 엄마의 간여는 그 일 이후 다시 살아나, 이제는 거의 초등학교 때나 했던 방식으로 나를 대하고 있었다. 애초에 엄마는 내게 두 사람 몫의 사랑과 관심을 주어야 한다는 걸 숙명처럼 여겼다. 내게 축복을 준 사람에게 본의 아니게 걱정을 안겨 주게 된 상황에서, 아무리 애를 써도 어찌할 방법마저 없어 요즘은 가능한 한 엄마에게 맞춰 주는 중이다.

기차를 기다리는 동안 바지 주머니에서 안경닦이를 꺼냈다. 틈만 나면 안경을 닦는 습관은 최근에 생겼다. 그전에는 이물질이 묻어 시야를 가려도 개의치 않았는데, 지금은 깨끗한데도 내 손은 어느새 안경을 닦고 있었다.

　닦은 안경을 비스듬히 기울여 보았다. 먼지 하나 없이 깨끗한 걸 확인한 뒤 안경을 걸친 다음, 눈을 꾹 감았다가 떴다. 다행히, 선명하게 보였다. 주변 사물과 사람과 풍경이. 잘 보였기 때문에 나는 움직일 수 있었다. 장애물을 피하고 나를 스쳐 가는 사람들을 흘끗거리면서. 건물 외벽에 붙은 간판과 광고들을 빠짐없이 훑어보았다. 잘 보이다가도 어느 정도 시간이 흐르면 눈앞이 흔들리는 기분이 들었다. 마치 태풍의 눈처럼 가운데를 제외한 나머지가 빙글거리며 돌아가는 것만 같았다. 어디까지나 '같았기' 때문에 진짜 그런 증상이 있는 건지, 느낌이 그런 건지 확신은 서지 않았다. 그저 눈을 비벼 뜨면서 다시 초점을 맞춰 가는 것이 내가 할 수 있는 최선이었다.

　오전 시간이지만 벌써부터 초조해졌다. 어두워지기 전에 집으로 돌아가야 했다. 늦은 오후가 되고 해가 질 무렵이면 불안은 한층 커졌다. 암흑으로 변한 세상이 나를 집어삼킬 것 같아서 때때로 가슴이 죄어 오는 통증을 느끼기도 했다. 밖에 있다가 난감한 상황이라도 맞닥뜨릴까 봐 저녁 이후에는 집 밖으로 잘 나가지도 않았다. 지난번 검사 결과로는 상태가 나빠지지 않았다는데 증상은 갈수록 심해지는 듯했다. 신기한 건 병원에 가는 날이 가까워지면 이전보다 안 좋은 느낌이 확연해진다는 거였다.

"엄살 부리지 마, 새끼야."

김민재의 말이 떠올라 나는 살짝 얼굴을 찌푸렸다. 잘 알지도 못하면서 함부로 지껄이는 자식. 그동안의 정을 생각해서 참고는 있지만 계속 이런 식이라면 나도 참는 데 한계가 있다. 친구의 아픔을 가볍게 여기는 놈과는 연을 끊을 작정이었다. 잔뜩 긴장한 환자 앞에서 미소를 머금고 말하는 의사와 다르지 않았다. 그건 자기 일이 아니라서 가능한 태도였다. 웃음의 종류나 의도와 상관없이 당사자는 절대 지을 수 없는 표정이었다. 의사 앞에 앉아 있다는 그 자체만으로도 나는 이미 좌절 상태였으니까.

— 기차 탔어. 곧 출발해.

좌석에 앉아서야 엄마에게 메시지를 보냈다. 몇 번이나 묻더니 정작 엄마는 내가 보낸 메시지를 읽지 않았다. 점심시간이 다가오고 있어 엄마가 일하는 패밀리레스토랑은 한창 바쁠 때였다. 휴대폰을 주머니에 넣고 등받이에 기대앉았다.

매니저가 되었을 때, 엄마는 처음으로 나를 일하는 레스토랑에 데려갔었다.

"이제 잘릴 걱정은 안 해도 돼."

엄마가 비밀을 말하듯 소곤거렸다. 나는 그제야 알았다. 엄마가 해고를 당할까 봐 걱정하고 있었다는 걸. 할머니, 할아버지 집을 나오면서 앞으로는 모든 걸 엄마가 책임지겠다고 큰소리쳤으니 그럴 만도 했다. 매니저가 되고 엄마가 하도 좋아해서 나는 그날 엄마가 가져다준 음식을 맛있게 다 먹었다. 내 나름대로 엄마를 축하하는 방식이었다.

병원 진료일이 되면 엄마는 나보다 긴장하는 것 같았다. 어쩌면 기대 때문일지도 모른다. 어떤 희망적인 얘기를 들을 수 있을지 모른다는 기대. 나는 그 반대에 가까웠다. 지난 일 년간 희망과 좌절과 분노와 상실감을 거듭 겪다가 생긴 최후의 태도라고나 할까. 의사가 오진을 한 건 아니기에 섣부른 기대는 종이비행기처럼 접어 날려 버렸다. 다만 너무 빠르게 최악으로 치닫지만 말아 달라고 빌었다. 그건 아무리 생각해도 억울한 일이었다. 결국은 내가 축복받은 사람이 아니라고 말하는 것 같았으니까.

망막색소변성증. 길고 생소한 이 질병의 이름을 의사가 말했을 때 나는 고개를 갸웃거렸다. 세계적으로 사천 명 중 한 명이 걸릴까 말까 한다는 희귀한 병을 내가 알 리가 없었다. 그러니까 내가 진단받은, 특정 증상을 동반하는 이 질환은 운이 나쁘게도 아직 치료법이 없는 유전 질환이라는 것이다. 제기랄.

"아빠도 이 병에 걸렸었어?"

진단받은 날 진료실을 나서자마자 엄마에게 물었다. 벌게진 눈으로 엄마는 세차게 고개를 젓다가 가만 생각에 잠기더니, 확실하지는 않다고 했다. 아빠와 헤어진 뒤로 아빠에게 어떤 일이 생겼는지는 엄마도 몰랐다.

나는 누구도 원망할 수가 없었다. 외가에는 같은 병을 가진 사람이 없었고 친가는 확인할 방법이 없었다. 유전이 아닌 사례도 존재한다는 의사의 말을 듣고 나자 더 애매해졌다. 유전 질환인데 유전이 아닐 수도 있다니.

의사들은 너무 열려 있었다. 모든 경우에 가능성을 두었다. 그럼에도 나을 수 있느냐는 질문에는 말을 아꼈다. 희망에 대해 인색하게 구는 게 마음에 들지 않아서 나는 의사를 흉봤는데, 엄마는 그러면 안 된다고 일렀다. 안 좋은 말이 나쁜 기운을 불러온다는, 할머니가 했을 법한 소리로 나를 타일렀다. 터무니없는 말이라고 간주하면서도 그 얘기를 들은 다음부터 나는 의사 욕은 속으로만 했다. 좋지 않다는 걸 굳이 고집할 필요도 없고, 내가 점처럼 작은 희망이나마 걸 수 있는 사람이 의사밖에 없어서이기도 했다.

"심해지지는 않았다지?" "약 바꾸니까 어때?" "좀 나아?" 병원에 다녀오면 엄마의 질문은 한동안 끊이지 않았다. 약이라고 해봤자 보조제나 영양제에 불과하다는 걸 알면서도 그랬다. "약 잘

챙겨 먹어. 밖에서는 선글라스 꼭 끼고." 엄마의 당부는 한결같았다. 내가 건성으로 고개를 까딱이면 급기야 "그 휴대폰 좀 내려놓을 수 없니?" 하며 소리를 질렀다. 모든 일의 책임이 휴대폰에 있기라도 한 것처럼. 그게 문제라면 우리 반 아니, 대한민국을 비롯한 전 세계의 많은 사람들이 나와 같은 병을 가졌을 텐데.

눈앞이 부예져 다시 안경을 닦아 썼다. 기차가 출발하고 속도를 올리면서 바깥 풍경이 빠르게 지나갔다. 끝나지 않을 것 같던 추위가 성큼 물러난 듯 날이 풀렸다. 쌓여 있던 눈이 녹아 세상이 맑게 드러났다. 이 시기가 오면 나는 항상 설레고는 했었다. 새 학년에 올라가고 새로운 친구를 만나고 하루하루 즐겁게 보내야지, 다짐하던 때였다. 하지만 이제는 이런 풍경을 얼마나 더 볼 수 있을까 생각하면 기분이 한없이 침잠해 들어갔다.

나는 창밖을 보지 않으려 시선을 돌렸다. 일 년 전의 느낌이 살아나는 것만 같아 애써 외면했다. 믿을 수 없는 그 절망을. 물론 정확하게 말하자면 이 사태의 시작은 병원에서 진단을 받은 그날이 아니라, 그보다 훨씬 전으로 거슬러 올라가야 했다. 불행의 씨앗이 내게 날아와 조용히 싹을 틔우던 순간으로. 하지만 나는 그런 미세한 변화를 감지하지 못했다. 시력이 좋지 않아 어렸을 때부터 안경을 썼고, 간혹 눈이 불편해도 그러려니 넘어갔다. 한참 휴대폰 화면을 들여다보면 일시적으로 눈앞이 흐려지는 건

흔한 일 아닌가. 눈을 비비고 난 뒤에 눈앞의 것들이 잠시 흩어졌다가 천천히 자리를 잡아 가는 것도 아무렇지 않게 넘겼다. 깜깜한 곳에서 더듬거리다가 발을 헛딛고 넘어져도 별달리 여기지 않았다.

"잘 보이는데 왜?"

문제는 거기에 있었다. 남들에게 정확히 보이는 게 내게는 그렇지 않다는 것. 갑자기 들이닥친 어둠에 다른 사람들은 곧바로 적응하는데 내 눈은 아무리 기다려도 반응이 약하다는 것. 내가 느끼는 어둠과 남들이 느끼는 어둠이 다르다는 것.

밤에 화장실에 가려고 나왔다가 탁자에 부딪쳤고, 그 바람에 물잔이 떨어져 깨졌을 때는 이상하다 싶었다. "미등을 켜 놨는데 안 보였어?" 유리 파편을 주우며 엄마는 의아하게 물었다. 학원 건물 계단에서 넘어져 다리에 금이 가고 나서야 뭔가 잘못됐다는 걸 알았다. 네온사인 때문에 밤에도 완전히 어둠에 잠기지 않는 장소였다. 학원에서 나오자마자 친구들이 우르르 뛰어 내려가 나도 따라 뛰었는데, 검은색 셀로판지를 덧댄 것처럼 시야가 어둡고 계단과 바닥의 경계가 불분명했다. 어? 하는 잠깐 사이에 내 발은 불안하게 착지하며 몸이 굴렀다.

정확히 일 년 전 오늘, 고등학교 입학을 이틀 앞둔 2월의 마지막 날이었다. 병원에서 처음 진단을 받았던 날의 상황을 나는 하나도 빠짐없이 기억하고 있다. 그날의 온도와 습도, 에스컬레이터를 타고 내려올 때 눈앞에 펼쳐지던 광경, 병원 특유의 긴장감과 우울함이 하나로 모아져 내 눈과 머리에 그대로 각인되었다. 앞이 보이지 않는 날이 다가오고 있다는 사실과 언젠가는 그런 날이 올 거라는 예언 같은 말. 불행이 내려앉은 때를 내가 정확하게 인지하지 못하는 데 비해서, 의사에게 그 말을 전해 들은 순간은 너무도 선명해 마치 이 일이 그날 그 시간부터 시작된 것 같은 착각마저 들었다.

'일 년 전에는 이렇지 않았는데.'

지난 일 년간 내가 가장 많이 했던 생각이었다. 진단을 받은 뒤로 내 시간은 좀체 앞으로 나아가지 못했다. 내 병을 몰랐던 때만 돌이켜 그려 보았다. 우울하게 교실로 들어가던 개학 첫날에는 잔뜩 들떴던 이전 해의 개학 날을 떠올렸다. 슬슬 기온이 올라 더워질 무렵에는 작년 여름은 엄마, 이모랑 계곡에 가서 놀았는데 올해는 그럴 수 없을 거야, 라고 지레 체념했다. 가을에도, 겨울에도 나는 매일매일 예년 이맘때를 상기하며 지금의 나와 비교했다. 과거의 평범했던 시간들을 다시는 누리지 못할 거라는 불안 때문에 별로 좋지 않았던 기억까지도 추억으로 소환되었다.

내 인생의 시퀀스를 나눈다면 그날이 기점이었다. 축복받은 1부가 막을 내리고 어둠이 드리워진 2부가 시작되던 날. 첫 장면은 의사 앞에 앉아 믿을 수 없는 표정을 짓고 있거나, 병명을 듣고 절망에 빠져 병원을 나서는 순간으로 그려졌다.

혹시 아빠는 이런 일이 닥칠 걸 알고 있었던 게 아닐까. 그래서 우리를 떠난 걸까. 그렇지만 그건 엄마에게 너무 가혹한 일이다. 가장 사랑한 두 남자로 인해 상처를 입었으니. 차라리 엄마도 나를 떠났다면, 아니 내가 태어나지 않았더라면…….

"여기 있었냐? 한참 찾았네."

훅 들어온 소리에 움찔 놀라 고개를 들었다. 익숙한 얼굴이 씩 웃고 있었다. 헛것까지 보이는 건가, 나는 눈을 연달아 깜빡거렸다. 여전히 김민재가 보였다.

"서울 갈 거면 형님을 불러야지. 내가 서울 가서 할 일이 얼마나 많은데."

민재는 마침 비어 있는 내 옆자리에 앉았다.

"되게 슬퍼 보이던데, 계속 슬퍼하다가 도착하면 나 깨워라."

눈을 찡긋하더니 민재는 팔짱을 끼고 잠잘 채비를 했다. "넌 어디 가는데?" 내가 묻자, "너 가는 데 가지 어딜 가겠냐?" 하며 눈도 뜨지 않고 대답했다.

"우리 엄마가 시켰어? 나랑 같이 가래?"

"우리 엄마 말도 안 듣는데 너네 엄마 말을 듣겠냐, 내가?"

일리 있는 말이라 바로 수긍이 되었다.

병원 가는 날짜를 흘린 기억은 없지만 민재가 안다고 해서 이상할 건 없었다. 학부모 모임에서 우리 엄마랑 민재 엄마가 친해진 건 나와 민재의 관계와는 무관했다. 최연소자 엄마와 최고령자 엄마가 극과 극이라는 공통점으로 가까워진 걸 우리도 나중에서야 알게 되었다.

낮은 한숨을 내쉬며 창밖을 보았다. 조금 전까지 젖어 있던 감정이 시들해져서 나는 약간 당황스럽기까지 했다. 민재는 대체로 시시껄렁하고 진지함을 용납하지 못하는 캐릭터라, 저런 자식과 내가 어떻게 친해졌는지 아직도 의문이었다. 엄마들끼리 친해진 것과 같은 맥락이 아닐까 추측했는데, 민재는 나와 비슷한 점이 상당히 많다고 믿는 듯했다.

민재와 나는 멀지 않은 동네에 살았고, 고등학교에 와서 만났다. 울적하던 학기 초, 옆자리에 앉았다가 가까워졌다. "지우개 있냐?" 민재가 물어서 "그런 걸 왜 가지고 다녀?" 대꾸했더니, 대뜸 "축구는 좀 해?" 하고 민재가 다시 물었고 "어린이 축구교실 출신이지." 대답했다가 그날 수업이 끝나자마자 같은 팀으로 엮였다. 축구 같은 건 할 생각도 없었는데, 막상 땀을 흠뻑 흘리고 나니 우울함이 한결 가벼워졌었다. 그 이후로 민재와 자연스럽게 어울려 다녔지만, 딱히 중대한 일로 서로를 찾은 적은 없었다. 다급하게 불러서 나가도 게임이나 하거나 노래방으로 직행하는 경우가 많았고, 만나서 빈둥거리는 날도 허다했다. 그래도 민재는 내가 처한 상황에 대해 제일 먼저 털어놓은 친구였다. 고백한 다음 날 엄청나게 후회하고 말았지만.

"너 불치병이라며?" "실명될 수 있다는 거 진짜야?" 애들이 저마다 관심을 가지고 물었다. 평소에 말수가 적은 반장도 조심스레 다가왔다. "혹시 잘 안 보이게 되면 말해. 나도 할 수 있는 일이 있다면 도울게." 소문의 근원지는 뻔했다. "그게 뭐 비밀이라고." 내가 따지자 민재는 대수롭지 않게 받아쳤다. 의료 기술이 나날이 발전하고 있어 수십 년 뒤에는 지금의 질병쯤 약 하나로 해결할 수 있을 거라며, 그때까지만 버티면 된다고 했다. "남 일이라고 쉽게 말하지 마라." 약간 화난 목소리로 말하기는 했지만, 원인에 대해서는 여러 가능성을 열어 놓고도 정작 희망에 대해서 함구하는 의사의 태도보다 차라리 낫다는 생각이 들었다. 한없이 꺼져 들어가다가도 민재가 나타나면 재빠르게 수면 위로 올라오는 이 현상을 뭐라고 설명할 수 없었기 때문에, 곧 시작되는 2학년에서도 민재와 같은 반으로 배정된 게 나에게 불행인지 다행인지 가늠할 수 없었다.

민재는 어느덧 고른 숨소리를 냈다. 친구가 무슨 걱정을 하는지 안중에도 없는 태평한 자식.

내게 왜 이런 일이 일어났을까, 내 삶은 어느 방향으로 흘러갈

까, 앞으로 뭘 할 수 있을까. 나는 매일 고민했다. 밤이 되면 수십
번 같은 행동을 반복했다. 전등을 껐다가 켜고, 잠시 뒤에 다시
껐다. 보일 거야, 보여야 해. 어둠에 익숙해지고 나서 조금씩 사물
의 형체가 드러나면 안심이 되었지만, 다른 사람들은 더 잘 보일
거라는 생각에 이르면 또다시 불안해졌다. 검색창에 끊임없이 내
병명과 증상을 입력했다. 호전된 경험담과 신약에 관한 정보를
찾아내면 반짝 의지가 생기다가도, 결국 예고된 결말을 마주한
사람들 얘기를 접하게 되면 급격히 나락으로 떨어졌다. 어려운 상
황에서도 긍정적으로 살아가는 사람들이 많았지만 내게 위로가
되지는 않았다. 시험도, 성적도, 대학도 다 의미 없는 일로 여겨져
결국 나는 아무것도 할 수 없는 상태가 되어 버렸다. 당연하다고
생각했다. 이런 상황에 놓인다면 누구라도 이럴 거라고, 이럴 수
밖에 없을 거라고······.

　잠든 줄 알았던 민재가 몸을 뒤척이더니 눈을 떴다. 그와 동시
에 내 생각의 흐름도 끊겼다. 민재는 좀이 쑤시는지 고개를 빼고
주변을 둘러보다가 통로 건너편 꼬마에게 "안녕?" 하고 인사를 건
넸다. 꼬마는 새침한 표정을 지으며 엄마 품으로 숨어들었다.

　"이모 서울 산다며? 자고 올까?"

　민재는 흡사 여행이라도 떠나는 사람 같았다. 서울까지 가는데
하루도 채 안 놀고 돌아오기는 아쉽다고 했다.

"내가 지금 놀러 가는 거로 보이냐?"

핀잔조로 대답했지만 사실 이모에게서 연락이 오기는 했었다. 진료가 끝나면 이모가 일하는 회사 근처로 오라고 했는데, 나는 그럴 마음이 없었다. 내가 태어났을 때 중학생이었던 이모는 곧 출산을 앞두고 있었다. 출산 휴가 전이라 많이 바쁘다는 말을 들었다. 이모한테는 적당한 핑계를 대고 거절했지만, 실은 이모에게 해가 될까 두려웠다. 내게 있는 나쁜 기운이 행복한 일을 앞둔 이모에게 미칠까 봐.

'이모, 좋은 것만 보고 좋은 것만 들어요. 당분간 우리 만나지 말자고요.'

태어날 이모의 아기는 온전한 축복을 받기 바랐다.

"무슨 말도 안 되는 헛소리야."

내 걱정을 듣고 민재가 코웃음 쳤다. 가능성이 있는 일이라고 하려다가 그만두었다. 말이 씨가 된다는 속담이 떠올랐기 때문인데, 지난 일 년 동안의 변화 중 하나가 이런 거였다. 온갖 미신이나 속담에서 자유롭지 못하다는 것. 아픈 사람들이 남들은 무심히 넘기는 일에도 진지하게 매달리는 이유를 나는 십분 이해할 수 있는 사람이 되었다.

"넌 일 년 전 오늘 뭐 하고 있었냐? 2월 마지막 날."

화제를 돌리려고 물었다. 내가 어둠의 2부를 시작하던 날, 다른 사람들은 어떤 하루를 보내고 있었는지 궁금했다. 일 년 전이라면 민재와 내가 만나기 이틀 전이었다. 우리의 삶이 각자의 궤도를 돌던 때였다. 앞으로 어떤 일이 펼쳐질지, 어떤 인연이 이어질지 모르고 내일을 기다리던 시간.

민재는 잠시 눈동자를 굴렸다. 그러더니 기념일이라면 모를까 보통의 날을 어떻게 기억하냐며 시큰둥하게 대답했다.

"하긴. ……기념일이 될 뻔했지."

민재 말에 고은정 생각이 났다. 중학교 3학년 때 같은 반이었던 고은정은 일찌감치 특성화고 진학을 결정했다. 서로 다른 학교에 가면 자주 볼 수 없어 얼른 내 마음을 전해야지, 했지만 용기가 없어 미루다가 졸업식이 끝났고 어느덧 진료일이 다가왔다. 어영부영 입학식까지 지나가겠다 싶어 병원에 다녀오는 즉시 고은정에게 고백할 셈이었다. 계획대로 흘러갔다면 아마도 나는 새로운 축복의 길로 들어섰을 것이다. 물론 내 고백에 고은정의 답이 어땠을지 몰라도 느낌상 고은정 역시 웬만큼 나에게 호감이 있어 보였다.

고은정을 떠올리며 나는 그날의 심정을 회상했다.

"일 년 전 이 시간에 난 아무것도 몰랐지. 그저 눈앞이 답답해 병원에 간 거였어. 대형 병원에는 처음 가 봤는데 사람이 너무 많아서 깜짝 놀랐어. 동네 병원에서 써 준 소견서를 제출하고 내

순서를 기다릴 때까지만 해도 별일 아니라고 생각했어. 그걸 확인하러 간 거였다고. 엄마도 병원 근처에 맛집이 많다면서 끝나면 맛있는 걸 먹자고 했거든. 나는 고은정에게 달려가는 상상을 하고 있었어. 내 고백을 들은 고은정의 표정을 기대하면서. 내 이름이 호명되고, 진료실에 들어가서 인사를 하고, 의사의 말을 기다리고 있었는데……."

"그런 일이라면 난 팔 개월째에 이미 겪었어."

내가 랩을 하듯 읊조리던 말을 끊고 민재가 끼어들었다. 민재가 말한 팔 개월은 엄마 배 속에서의 시간이었다. 민재는 부모님이 고령에 어렵게 얻은 아들이었는데, 성급하게 팔 개월 만에 세상으로 나와 꽤 오랫동안 인큐베이터 안에 있었다. 민재는 이따금 인큐베이터에서 지냈던 시간들을 추억하듯 말하고는 했다. 그때 일을 기억한다는 것 자체가 허무맹랑해 나는 대부분 지어낸 말이라고 무시했지만, 듣다 보면 믿게 될 때도 있었다. 초인적인 일을 겪으면 절대 잊을 수 없다는 논리가 어느 정도 설득력 있게 들렸고, 민재가 말하는 상황 묘사가 세세한 것도 한몫했다.

"소진이라고 내가 전에 얘기했었지? 인큐베이터 동기 말이야. 내 옆자리에 있던 애. 걔는 심장이 안 좋아서 힘들어했거든. 하루 종일 기계 소리밖에 안 들리는 데가 거긴데, 그 와중에도 소진이 심장 소리가 나는 가장 크게 들렸어. 이유는 모르겠지만 그 애의 심장 뛰는 소리를 들으면 기운이 났지. 나중에 알고 보니 나만 그랬던 게 아니더라고. 명지후라고, 엄마 배 속에서 칠 개월 만에 나온 앤데 걔는 우리 중에서도 가장 작았거든. 나보다 몇십 그램은 덜 나갔을 거야. 걔네 엄마는 면회를 오면 항상 기도를 했어. 우리에게 다 들리도록 말이야. 지후를 살려만 주신다면, 하면서. 어쨌든 지후도 그랬다니까. 소진이 심장 소리 덕분에 버틸 수 있었다고."

풋. 나는 그만 비웃음을 흘렸다.

"너보다 나는 훨씬 오래전에 체험했다는 말씀이지. 그래서 내가 형님이라는 거 아니냐."

말하고 나서 민재는 주먹으로 제 심장 쪽을 두어 번 두드렸다.

"인큐베이터에서 나올 때는 어땠어?"

속는 셈치고 물었다.

"알을 깨고 나온 기분이랄까. 남들보다 험난한 고비를 넘기고 세상에 나왔으니까 자부심을 갖고 살아야겠다, 다짐했지."

"근데 왜 이 모양이야?"

"내가 어때서? 이만하면 훌륭하지."

민재의 당당함에 나는 좀 어이가 없었다.

세상에 첫발을 내디딜 때부터 순탄하지 않았던 게 얼핏 나와 비슷한 것 같기도 했지만, 그 아이들은 실상 나와 경우가 달랐다.

다들 저희들을 위해 기도해 주던 부모가 있었다. 민재만 하더라도 긴 시간 부모님이 애타게 기다리던 아이였다. 그런데 나는 아니었다. 아빠는 애초에 존재마저 사라졌고, 내가 왔을 때 엄마의 심정이 어땠는지도 묻지 못했다. 애써 돌려 말하는 대답도, 솔직한 대답도 듣고 싶지 않았다. 할머니와 할아버지, 이모도 마찬가지였다. 내가 태어난 이후로는 사랑으로 보살폈지만 나를 만나기 전까지는 아마도 다른 마음이었을 것이다. 예전에는 그런 생각이 들어도 아무렇지 않았다. 정말이지 그건 내가 태어나기 전이니까. 하지만 지금은 달랐다. 아무도 원하지 않았던 아이. 그만큼 축복의 양이 적어 불운이 끼어들 수 있었던 건지도 모른다는, 근거 없는 생각까지 하게 되었다.

그 안에서 나는 앞으로의 오늘을 전혀 그리지 못하고 있었다. 공부를 제대로 할 수 있을까, 취직은 될까, 결혼은 가능할까. 그보다 누군가를 사랑할 수는 있나. 꿈을 꾸고 그걸 이루며 살아가는 건 불가능해 보였다. 아침에 눈을 떠도 어두운 세상이라면, 눈앞의 것조차 보이지 않는다면 하는 걱정 때문에 밤새 뒤척인 날도 있었다. 악몽에 시달릴 때도 많았다. 그러다 보면 나는 어디에든 화살을 돌리고 싶어졌다.

어떤 날에는 찬란한 햇살을, 어떤 날에는 친구들의 웃음소리를, 어떤 날에는 세상 모든 것을 비난했다. 연예인을 이유 없이 미

위한 적도 있었다. 인기가 많은 아이돌 그룹의 한 멤버로, 나랑 나이가 비슷한데 크고 좋은 집에 살았다. 그 애한테는 부모가 모두 있고 형, 누나도 있었으며 화목하기까지 했다. 자다 금방 일어났는데도 멋있었고 춤도 잘 췄다. 당연히 팬도 많았다. 한마디로 갖지 못한 게 없었다. 그중 하나는 없어도 되지 않나, 하는 생각이 듦과 동시에 나는 그를 비난하기 시작했다. 뜯어보니 어린애처럼 말했고 배려심이 없어 보였다. 학교는 진즉에 그만뒀다는데 벌써 성공이라는 궤도에 진입했다는 게 불공평하게 느껴졌다. 그 자리까지 가기 위해 최선을 다했겠지만, 노력이 누구에게나 보상을 주는 건 아니라고 내 비난을 합리화했다. 노력이 부족해서 내게 이런 일이 생긴 건 아니기 때문에 나는 행복과 불행을 달리 이해할 방법이 없었고, 많은 것들을 비난하다 보면 화살은 어느 순간 슬그머니 방향을 틀어 내게 돌아오고는 했다. 불행이 짙어질 날만 바라보고 있는 내 자신을 가장 견딜 수가 없었는데…….

"야, 거의 왔나 봐."

감정에 푹 빠져 있을 때 민재가 팔을 툭툭 쳤다. 눈가가 막 젖어 들려던 참이라 나는 하품을 하는 척했다. 민재는 내 얼굴은 보지도 않고 기차가 속도를 늦추자 서둘러 자리를 박차고 튀어나갔다.

내 인생에 대한 사념과 민재의 헛소리가 뒤섞인 상태로 목적지에 도착했다. 민재를 만난 뒤로 안경을 한 번도 닦지 않았다는 생각이 났지만, 기차에서 내린 다음 닦으려고 나도 자리에서 일어났다.

역 밖으로 나오자 민재는 정말 여행 온 사람처럼 여기저기 한눈을 팔며 관심을 쏟았다. 내가 눈치를 주어도 아랑곳하지 않았다. 우리 동네에는 들어오지 않은 프랜차이즈 카페로 가서 밀크티를 사 오더니, 오늘 하루 하고 싶은 일을 줄줄이 읊었다. 민재는 나를 핑계 삼아 부모님에게 공식적인 허락과 용돈을 받은 뒤에, 서울에서 실컷 놀 계획으로 따라붙은 게 분명했다. 그럼에도 병원에 혼자 가겠다는 내 말에는 극구 반대했다. 자고로 병원에 갈 때는 보호자가 있어야 한다면서. 그렇다고 병원에서 민재가 보호자 노릇을 한 것은 결코 아니었다.

"다음번 인큐베이터 동기 모임 장소는 병원이 좋겠어. 오랜만에 오니까 새로워."

말도 안 되는 얘기를 지껄이더니, 진료실 앞에서 키와 몸무게를 측정한다는 둥, 혈압은 처음 재 본다는 둥 하며 내 정신을 어지럽혔다. 민재가 조용하게 있었던 건 내가 진료를 볼 때뿐이었는데, 늘 그렇듯 먼 걸음을 한 것에 비해 진료는 짧게 끝났다.

같은 질문과 대답, 같은 처방. 더 나빠지지도 나아지지도 않은 상태. 내 느낌과는 다르게 악화되지 않은 데에 그나마 안도의 숨을 내쉬었다. 언젠가부터 그렇게 되었다. 더 불행해지지 않은 게 다행인 것. 그게 억울하게 느껴질 찰나, 민재가 내 어깨에 팔을 둘렀다.

"거봐. 엄살이라니까."

대꾸하려다가 귀찮아져 나는 민재가 따라오든 말든 걸음을 빨리해 병원을 나섰다.

어두워지기 전에 집으로 돌아가려던 계획은 틀어져 나는 반강제로 민재에게 끌려다녔다. 우리는 번화한 대학가를 누볐다. 겨울과 봄의 경계에 있는 날씨에 웅크린 것들이 활기를 띠려는 움직임이 부산했다. 코인 노래방도 가고 피시방에도 갔다. 고맙게도 이모가 용돈을 송금해 줘서 그 돈으로 피자를 먹었다.

민재 말대로 하루는 짧았다. 저녁이 가까워질수록 거리는 붐볐고, 다음 날이 휴일이어서인지 사람들도 들떠 보였다.

"저기 가 보자."

민재의 손에 끌려간 곳에서는 버스킹이 한창이었다. 무대를 중심으로 사람들이 둥글게 모여 있었다. 한 사람은 노래를 불렀고 한 사람은 기타를 쳤다. 잘 알려진 빠른 리듬의 곡인 데다 실력도 좋아 사람들의 호응이 제법 컸다. 민재는 동영상을 찍으랴 노래를 따라 부르랴 아주 바빴다.

화려함 사이로 어둠이 내려앉았다. 혼자라면 초조했겠지만 민재가 있어 불안하지는 않았다. 나한테 무슨 일이 생긴다 해도 민재가 나를 버려두고 가지는 않을 테니까. 적어도 그런 놈이 아닌 건 확실하니까. 솔직히 나도 좀 놀고 싶기도 했다. 세상의 활기가 나를 흔들어 깨웠다. 박수, 환호, 이 순간을 즐기는 웃음.

"그래서, 소진이는 이제 어때?"

내가 느닷없이 묻는 말에 민재는 동영상 찍기를 멈추지 않으면서 대답했다.

"얼마 전에 백 미터를 이십 초에 달렸다고 자랑하더라고. 동기들이 축하해 줬지."

남들에게는 별거 아닌 기록일지 몰라도 초등학교 저학년 때까지 체육 시간에 혼자 앉아 있던 소진이에게는 놀라운 발전이라며, 민재는 소진이 아빠라도 되는 듯 뿌듯해했다.

한 번도 만난 적은 없지만 나는 소진이가 뛰는 모습을 그려 보았다. 숨을 몰아쉬며 결승점을 향해 달려가는 장면을. 소진이는 어떤 마음이었을까. 백 미터를 완주하고 나서는 어땠을까. 나는 소진이보다 훨씬 잘 뛸 수 있다. 그런데 뛰고 싶지 않았다. 뛰지 못하는 그날이 다가오는 게 두렵기만 했다. 내가 두려운 건 어둠 속에 갇혀 아무것도 하지 못하는 사람이 되는 것인데, 최근의 나는 어둠이 아닌 곳에서도 아무것도 하지 않는 사람이 되어 있었다. 가장 마주하고 싶지 않은 일을 스스로 만들고 있었던 건 아닐까.

내 눈이 여느 사람과 같지 않은 건 맞지만, 이름도 생소한 희귀병이 내게 온 것도 맞지만, 당장 암흑 속에서 살고 있는 건 아닌데. 일 년 뒤 아니, 십 년이나 그 이후로도 나는 어떻게든 살아갈 텐데. 어느 쪽도 가능성이 전혀 없다고 누구도 장담할 수 없다. 어쩌면 이렇게 두근거리는 세상을 계속 만날 수도 있고, 보물찾기하듯 곳곳에 숨어 있는 내 축복을 하나씩 발견해 나갈 수도 있지 않을까.

"우리 엄마가 그러는데……."

동영상 찍는 걸 멈추면서 민재가 입을 열었다.

"엄마가 내 나이였을 때는 요즘 같은 세상은 상상도 못 했대. 우리가 부모님 나이가 되면 또 다른 세상이 오겠지. 미래는 아무도 모르니까."

민재의 얼굴이 어쩐 일로 진지해 보였다.

"지금 나 위로하는 거냐?"

"이기적인 새끼."

내가 묻자 민재는 눈길도 주지 않고 대꾸했다. 동문서답인데 살짝 위안받은 느낌이 드는 건 왜일까.

— 오며가며에서 라면 먹고 갈게.

기차역에 내려서 단골 분식집에 들른다고 엄마에게 메시지를 보냈다. 민재랑 같이 있다는 말에 엄마는 무척이나 안도하는 듯했다. 민재 부모님에 대한 믿음으로 엄마는 자꾸 민재를 과대평가하는데, 나는 이 문제를 반드시 바로잡으리라 마음먹었다.

밤이 되고 기온이 떨어져 분식집의 유리창에는 김이 서렸다. 가게 안으로 들어서자 안경도 습기가 차서 부예졌다. 그러고 보니 오후 내내 안경을 닦지 않았다. 민재 자식 때문에 안경 닦을 겨를이 없었다. '오며가며'에 있다는 말에 기찬이랑 승재, 윤호까지 온다고 해서 라면은 조금 이따가 주문하기로 했다. 친구들을 기다리는 동안 나는 안경닦이를 꺼내 꼼꼼하게 안경을 닦았다.

"어때? 나 잘생겨 보여?"

민재가 엄지와 검지를 턱에 받치며 물었다.

"귀찮은 새끼. 아직 그 정도는 아니야."

안경을 쓰며 아까의 민재 말을 되받아쳤다. 내 반응은 신경 쓰지 않고 민재는 막 떠올랐다는 듯이 이모를 향해 물었다.

"이모, 작년 오늘 뭐 했는지 기억나요? 2월 마지막 날에요."

이모는 수북이 쌓인 당근을 썰고 있었다. 설마 라면에 당근을 넣으려는 건 아니겠지, 싶어 나는 미간을 찡그렸다. 이모라면 그럴 가능성이 다분했다.

"그럼, 기억나지. 내가 가게를 처음 연 날이라 매년 자축하거든."

이모는 생각할 것도 없이 금방 대답했다. 나는 축하한다고 말했고, 민재는 두 팔로 하트를 만들어 보였다. 우리를 보고 웃으면서도 이모는 칼질을 멈추지 않았다.

"근데 질문이 틀렸어. 작년 오늘은 2월 마지막 날이 아니었으니까."

"왜요? 28일 맞는데."

민재가 되물었다. 나도 벽에 걸린 달력을 올려다보았다.

"작년에는 하루가 더 있었잖아. 2월 마지막 날은 29일이었지."

이모가 웃음기 담긴 말투로 설명했다.

순간 나는 한 대 얻어맞은 듯 멍해졌다. 올해는 없는 날이라니. 내년도, 후년도 없다가 그 뒤에 나타나는 날이라니. 그럼 내 불행이 시작된 그날은 오늘도 아니고 내일도 아니라는 건가.

내가 넋을 놓고 있는 동안 민재는 "일 년 전 오늘 어쩌고 하더니." 하며 나를 비웃었다. 이제 와 변명을 하자면 그날 자체에 의미 부여를 한 건 아니었다. 일 년 동안 나는 거의 매일 지난해의 오늘을 떠올리며 지냈으니까. 그런데 정작 그날이 내가 확고하게 믿었던 날이 아니라는 걸 깨닫고 나자, 뭔가 큰 착각을 한 것 같아 당황스러웠다. 뭐지, 생각하는 사이 민재가 회심의 미소를 지었다.

"고은정이라고 했지?"

"어, 어?"

내가 미처 정신을 수습하기도 전에 민재는 탁자 위에 있던 내 휴대폰을 낚아챘다.

"작년에 고백했으면 큰일 날 뻔했다. 기념일이 사 년 뒤에나 오는 거잖아."

민재의 음흉한 표정 뒤에 감춰진 뜻을 나는 바로 파악했다. 뒤늦게 휴대폰을 빼앗으려고 했지만, 민재의 손가락은 벌써 고은정 이름 아래 통화 버튼을 누르고 있었다. 고은정은 연락처 맨 위에 있어 찾을 필요도 없었다.

"하지 말라고!"

내가 외침과 동시에 저편에서 "여보세요?" 하는 소리가 들렸다. 고은정은 신호가 몇 번 울리지도 않았는데 금방 전화를 받았다.

"최가을?"

고은정의 목소리가 휴대폰 밖으로 흘러나왔다. 그제야 민재는 나에게 휴대폰을 건넸고 나는 급하게 목을 가다듬었다.

"어, 그게…… 잘 지냈지?"

눈으로는 민재를 쏘아보면서 나는 한결 부드러운 톤으로 물었다. 민재는 재밌어 죽겠다는 얼굴로 입을 가리고 키득거렸다. 민재에게 원망의 눈길을 보냈지만, 전화기 너머의 목소리에 내 마음이 이미 녹아내린 걸 숨길 수가 없었다.

　어두운 그날은 결코 확실하지 않으니까, 앞날은 누구도 모르
니까, 지금은 계속 축복을 찾아가야지. 그런 결심이 들었다. 짧은
순간 나는 일 년 후의 오늘을 그려 본 것이다.

너라면 좋겠어

언제부터였을까. 아주 오래전이었을까, 아니면 다시 만난 뒤의 어느 순간이었을까. 조금씩 스며든 것 같기도, 성큼 들어온 것 같기도 해.

우리의 인연이 신기하다고 느꼈어. 내게 머물러 있는 시간, 내 기억 속의 너. 나도 모르게 이어지는 되새김들이 무슨 감정에서 비롯된 건지도 모른 채 너를 바라봤어. 눈이 마주치면 살짝 웃어야지, 가까이 다가가 인사를 해야지, 그때 묻지 못한 걸 물어야지.

하지만 너는 어떨까. 나를 기억하지 못한다면, 나와 다른 기억을 가지고 있다면, 너는 나의 인사가 당황스러울 거야. 한두 번 스쳐 지나간 뒤로 그런 마음은 더 커졌어. 잊었을지도 모르겠구나, 애초에 기억에 담아 두지 않았을 수도 있겠구나, 너는.

나는 언제나 너에게서 조금 떨어진 자리에 있어. 멀리 있지는 않을 거야. 네가 돌아서면 볼 수 있게. 언제든 너에게 손을 내밀 수 있게.

종례가 끝나고 나왔더니 3반은 이미 아이들이 빠져나가고 청소하는 몇 명만 남아 있었다. 그 애가 없는 3반 교실은 텅 빈 것 같았다. 지금이라도 걸음을 빨리하면 그 애를 볼 수 있을까. 아직 학교를 나가지 않았을지도 모르고, 계단이나 현관 앞에서 다른 반 친구를 만나 얘기하고 있을지도 모른다. 중요한 걸 두고 가서 되돌아올 수도 있다. 서둘러 복도를 지나고 계단을 내려가 건물 밖으로 나섰지만, 교문으로 향하는 많은 아이들의 뒷모습에서 그 애를 찾을 수는 없었다. 하루 종일 그 애를 한 번도 마주치지 못한 날. 아직 오후밖에 되지 않았는데 내 하루는 벌써 끝나 버린 것 같았다.

"이민서! 혼자 가면 어떡해?"

소담이가 뛰어와 어깨를 툭 쳤고 나는 급하게 얼버무리며 웃어 보였다.

"채이랑 인성이 기다릴까 봐. 너 따라오는 거 봤어."

기분과 다른 표정을 짓는 건 어려운 일이다. 다행히 소담이는 눈치채지 못한 듯 내 팔짱을 끼었다. 그 애를 볼 수 없어 아쉬웠지만 친구들이랑 있으면 나아지겠지, 나는 마음을 추슬렀다.

소담이랑 '오며가며'에 도착했더니 채이랑 인성이가 와 있었다. 중학교 3학년 때는 넷이서 늘 같이 다녔는데, 고등학교에 올라와 반이 달라지면서 그러기가 쉽지 않았다. 소담이와 나는 같은 반이 되었지만 채이, 인성이는 각각 다른 반이 되었다. 오늘은 단축 수업을 해서 오랜만에 뭉칠 수 있었다.

주문한 음식이 나올 때마다 나랑 인성이가 테이블로 옮겨 놓았다. 이모 혼자 가게를 운영하기 때문에 중학교 때부터 웬만한 건 우리가 알아서 하는 편이었다. 탁자 위에 볶음밥을 내려놓자 채이는 인상을 쓰며 볶음밥 접시를 멀찍이 밀어 놓았다. 이모는 영양소를 고루 섭취해야 한다는 철칙으로 늘 음식에 다채로운 것들을 넣고는 했다. 오늘은 볶음밥에 연두색 콩이 들어 있었다.

"처음부터 난 걔 별로였어."

최근에 애매하게 헤어진 소담이의 남자친구 얘기에, 채이가 볶음밥을 밀어 놓듯 냉정하게 말했다. 인성이는 밥과 콩을 섞어 먹으며 얘기를 들었다.

"마치 내가 콩이 된 기분이었지. 중요한데 없어도 되는 존재."

소담이가 젓가락으로 콩 한 알을 집어 들며 말했다. 그러고는 콩을 입에 넣고 잘근잘근 씹었다.

소담이는 이별의 이유를 딱 짚어 말할 만큼 둘 사이에 문제가 있던 건 아니지만, 만나는 내내 사귀는 게 맞나 싶을 정도로 서로에게 감정적 동요가 없었다고 했다. 누가 먼저 헤어지자고 한 것도 없이 자연스레 연락을 안 하다 멀어진 상태였다. 소담이가 아무렇지 않은 듯이, 오히려 후련하다는 투로 말해서 나는 뭔가 허무해졌다. 그 정도 마음으로 어떻게 사귈 수 있었을까 싶었지만 그 말은 하지 않았다.

"사랑은 원래 한 가지 감정이 아니거든. 언제든 뒤집힐 수 있는 거라고."

"무슨 소리!"

인성이 말에 채이가 반박하듯 나섰다. 나도 반대 의견이었다. 사랑은 그냥 사랑 아닌가. 뒤집힐 수 있는 감정이라면 그건 사랑과 다른 감정 아닌가. 좀 더 얘기하고 싶었는데, 인성이 친구들이 분식집으로 들어오는 바람에 대화는 중단되었다.

밖으로 나와서 우리는 거리를 구경했다. 함께 시간을 보내니까 항상 붙어 다니던 때로 돌아간 것 같았다. 그 애를 만나지 못해 처져 있던 기분도 많이 나아졌다. 채이가 불쑥 그 얘기를 꺼내기 전까지는.

"참, 한수호 말이야."

채이가 생각났다는 듯이 말했다. 저절로 입이 마르고 가슴이 두근거렸다. 그 애 이름만 들어도 심장이 빨라졌다. "여친이랑 헤어졌다며?" 채이의 말에 앞서 걷던 소담이가 "아, 2학년 윤세나?" 하며 돌아보았다.

한수호 여자친구는 한 학년 위인 2학년 선배인데, 육상부 선수로 외모도 연예인 못지않았다. 이 지역 애들 사이에서는 유명해

윤세나 때문에 우리 학교에 오고 싶다는 애들이 있을 정도였다. 선배가 경기할 때의 모습은 내가 봐도 멋있었다. 인정하고 싶지 않지만 그 애가 좋아하는 게 이해가 갈 정도였다. 윤세나 남친이 같은 학교에 배정되었다는 소식이 SNS에 퍼졌을 때만 해도 그 주인공이 한수호일 줄은 몰랐지만. 둘이 잘 어울린다는 말만큼이나 오래가겠냐는 얘기도 많았는데, 결국 헤어진 모양이었다. 그럴 줄 알았다, 둘 다 색이 너무 강하다, 하며 다들 한마디씩 했다.

"한수호가 겉으로는 그렇게 안 보여도 자기 기준에 아니다, 싶은 일에는 절대 안 물러서거든. 까다롭고 은근 고집 있다니까."

한수호랑 같은 학원에 다니는 채이가 아는 척을 했다.

"아닌 일에는 누구나 안 물러서지."

인성이가 두둔해서 나도 "맞아." 맞장구를 쳤다. 그러다가 말할 뻔했다. 아니, 하고 싶었다. 사실은 내가, 라는 말이 나오려는 걸 겨우 참았다. 많은 비밀을 스스럼없이 나누는 친구들인데도 한수호 얘기는 망설여졌다. 지금은 때가 아니라는 생각도 들었다. 소담이는 가슴 아픈 이별은 아니더라도 위로가 필요했고, 채이는 썸 타는 애가 있어 다른 얘기는 귀에 들어오지 않을 것 같았다. 인성이는 남들 연애사는 꿰뚫고 있으면서도 정작 본인은 연애에 관심이 크지 않았다. 나중에 얘기하려고 미루다가 시간이 지났고, 그러다 보니 말하기가 더 어려워졌다.

"한수호도 금방 다른 애랑 사귀겠지. 인기도 많은데."

채이의 얘기를 듣고 입안에서 맴돌던 말은 완전히 들어갔다. 성급하게 털어놓지 않기를 잘했다는 생각이 들었다. 애들은 이제 한수호에 대해 안 좋은 얘기를 시작했다. 매너는 좋지만 인기를 의식한다고. 누구한테나 친절하게 구는 건 오히려 단점이라고. 나는 묵묵히 듣기만 했다. 틀린 말은 아니었다. 다만…… 그런 애가 내 마음에 들어왔다는 게 문제일 뿐.

친구들과 헤어지고 집으로 가는 버스에 앉아서 가만히 상상해 보았다. 한수호랑 밥을 먹는 장면 같은 것들을.

수호는 콩을 먹을까, 안 먹을까. 좋아하거나 싫어하는 건 뭐가 있을까. 우리가 같은 학원에 다니면 어떨까. 내년에 같은 반이 될지도 몰라. 수호를 매일 보는 건 좋지만 나는 하루 종일 나를 신경 써야 하는데, 그건 좀 피곤하겠지. 아무래도 같은 반보다는 옆 반이 낫겠다.

한수호를 생각하다가 자연스럽게 웃고 말았다. 밖은 어둡고 버스 안은 밝아서 차창에 웃음이 걸린 내 얼굴이 고스란히 비쳤다. 그걸 보자 갑자기 기분이 가라앉았다. 한수호는 모르는데. 내 마음이 어떤지 전혀 모르는데.

한수호는 입학식 때 신입생 대표였다. 공부도 잘하는 데다가 학교 행사에 적극 나서면서 자주 눈에 띄고 이름이 오르내렸다.

벌써부터 친해지고 싶어 하는 애들도 많았다. 그러니까 나는, 한수호를 좋아하는 여러 애들 중 한 명인 것이다.

버스가 정거장에 섰다가 다시 출발하기를 반복하는 동안, 내가 왜 그 애를 좋아하는지 곰곰이 따져 봤다. 분위기에 휩쓸려서는 아닐까 의심도 해 봤지만, 그건 절대 아니다. 이 감정은 한 번에 생겨난 게 아니었다. 줄곧 같았다고 할 수는 없어도 이미 오래전에 흩뿌려진 씨앗들이 있었다.

한수호를 처음 만난 건 초등학교 4학년 때였다. 아빠의 전근 발령으로 우리 가족은 이사를 했다. 아파트는 보이지 않고 고만고만한 주택들이 모여 있는 동네였다. 마을에 흐르던 공기마저 낯설어 나는 좀 어리벙벙해 있었다. 학교에서는 전학생에 대한 호기심 어린 시선과 질문을 받았다. 어색하면서도 내게 쏟아지는 관심이 나쁘지 않았다.

수업 중에 한바탕 소나기가 내린 날이었다. 우산이 없어 걱정했는데 다행히 집에 갈 무렵에는 하늘이 말끔히 개었다. 막 친해지기 시작한 미라와 교실을 나서고 보니 웬일인지 신발장에 내 운동화가 없었다. 내 실수로, 또는 다른 아이 때문에 위치가 바뀌었을 수도 있어서 이리저리 찾아 봤지만, 아이들이 차례차례 자기 신발을 찾아가는 동안에도 내 운동화는 끝내 보이지 않았다.

"여기 넣어 둔 거 맞아?" 미라가 신발장을 가리키며 재차 확인했고, 나는 거의 울 것 같은 얼굴로 텅 빈 신발장을 망연히 바라보았다.

나는 어쩔 수 없이 실내화를 신은 채 학교를 나설 수밖에 없었다. 미라는 집 방향이 달라 교문 앞에서 헤어졌다. 혼자가 된 나에게 그 상황은 더욱 초라하게 다가왔다. 하얀 실내화는 금세 더러워졌고 고인 빗물이 스며들어 양말까지 젖어 버렸다. 산 지 얼마 되지 않은 운동화를 잃어버려 엄마에게 혼나지 않을까 하는 걱정도 들었다. 전학 오자마자 겪게 된 일이 그때의 나에게는 엄청난 시련으로 여겨졌다. 맺혔던 눈물이 떨어지려던 찰나였다.

"신발 잃어버렸어?"

낯선 목소리가 끼어들어 나는 눈물을 삼키고 시선을 돌렸다. 모르는 남자아이가 서 있었다. 다른 반 아이라는 건 나중에 알았지만, 그 당시에는 반 아이들 얼굴을 전부 익히기 전이라 같은 반인 줄 알았다. 키는 나보다 좀 작고 마른 편이었는데 얼굴이 까무잡잡해서인지 약해 보이지는 않았다.

남자아이는 내가 뭐라고 대답하기도 전에 이곳저곳을 살피기 시작했다. 문방구 옆 쓰레기 더미를 들추며 "없네." 하더니 뛰어가서 좁은 골목 틈새를 엿보고는 "여기도 없고." 했다. 나는 내 운동화가 왜 그런 데에 있겠느냐고 말하려다가 그만두었다. 아이의 행동이 정말 신발을 찾고 있는 건지 나를 재미있게 해 주려는 건지 알 수 없어도, 아까보다 기분이 나아진 건 사실이었다. 남자아이는 내내 나보다 몇 걸음 앞서 걸으며 운동화를 찾았다.

"내일 운동장이랑 화단도 가 보고 찾으면 알려 줄게."

동네 어귀에 들어섰을 때 남자아이가 말해 나는 얼결에 응, 하고 대답했다. 우리 집이 있는 골목으로 들어서며 남자아이가 옆 골목으로 뛰어가는 걸 지켜보았다.

다음 날 교실에 들어서자마자 그 아이부터 찾았지만, 빈자리가 다 찰 때까지도 그 아이는 보이지 않았다. 나는 조금 허탈해졌다. 쉬는 시간에는 복도에서 마주치는 다른 반 아이들 얼굴을 하나하나 살폈고, 그 아이가 내 운동화를 찾아서 들고 올까 봐 화장실에 갔다가도 서둘러 자리로 돌아왔다. 그렇게 며칠이 지나자 나는 그날 만난 남자아이가 현실에 있지 않은, 특별한 순간에 나에게만 보이는 존재는 아니었는지 상상하기에 이르렀다.

그 이후로 또 운동화를 잃어버렸는데, 우울한 한편으로 그 아이가 다시 나타나지 않을까 기대도 했다. 운동화를 찾은 건 똑같은 일이 세 번째 일어난 다음이었다. 엄마가 학교에 찾아왔고, 그제야 같은 반 남자아이가 장난으로 운동화를 숨겼다고 스스로 실토했다. 알고 보니 그리 철저하게 숨긴 것도 아니어서, 화단 근처를 유심히 보았더라면 찾을 수 있었다. 화단을 찾아 보겠다던 그 아이의 말이 떠올랐다. 약간은 서운한 마음이 들었다. 안 찾은 건가, 아니면 못 찾은 건가.

나중에 복도에서 그 아이와 마주쳤을 때는 내 상상이 이루어진 것처럼 신비롭기까지 했다. 운동화를 찾았다고 알려 주고 싶었지만, 그 아이 곁에 친구들이 많아 알은체를 하지 못했다. 그 아이도 분명 나를 알아보았을 텐데 별다른 내색을 하지 않고 지나갔다.

"한수호!"

친구들은 그 아이를 그렇게 불렀다. 5학년에는 우리가 한 반이 되었으면 좋겠다고 생각했다. 그 아이와는 금방 친해질 수 있을 거라는 확신이 들었다.

기분이 좋아졌다. 한수호를 보면. 예전에도, 그리고 지금도.

웃는 얼굴을 돌아보게 되고, 자려고 눈을 감아도 그 모습이 아른거렸다. 은은하게 퍼지는 울림 있는 목소리가 따뜻했다. 한수호가 다리에 깁스를 한 친구랑 보폭을 맞춰 걷는 걸 보았을 때는 나도 그래야겠다고 마음먹었다. 버스에 탈 때 기사님께 인사하는 걸 본 뒤로는 나도 인사를 하게 되었다. 그 애의 좋은 면이 나를 바꾸었다. 한수호랑 가까워지고 싶었다. 반갑게 인사를 나누고 재미있게 얘기하고 싶었다. 궁금한 것도 많았다. 내가 신발을 잃어버린 건 어떻게 알았는지, 왜 내게 말을 걸었는지, 그리고 화단에서 내 신발을 찾았었는지.

5학년 때 같은 반이 되었으면 한 내 바람과는 달리 한수호는 얼마 뒤에 사라졌다. 학교에서도, 동네에서도 보이지 않았다. 감쪽같이 사라졌던 내 운동화처럼. 한수호와 어울려 다니던 친구들 무리는 여전했지만 거기에 한수호는 없었다. 나처럼 부모님을 따라 다른 동네로 이사를 했을까, 그래서 전학을 갔나 보다, 막연히 추측했을 뿐이다. 나는 운동화를 잃어버렸을 때보다 더 실망했고 허전했다. 얼마간 일렁이던 감정은 시간이 지난 뒤에 차차 가라앉았다. 그렇게 잊은 줄 알았다. 다시 만나기 전까지는.

단번에 한수호를 알아본 걸 지금도 믿을 수가 없다. 앞서 달려가 운동화를 찾던 몸짓이나 "없네." 하면서 아쉬워하던 표정까지, 한수호를 보자마자 생생하게 되살아났다. 기억이란 건 정말 놀랍구나 싶었다. 언뜻 보기에는 달라진 것 같지만 많이 변하지는 않았다. 키는 훌쩍 컸어도 예전 모습이 남아 있었다. 그리고 그때의 감정이 지금의 나에게 닿았다. 작은 파장이 일면서 어렸을 때와는 또 다른 감정이 내 안에 자리 잡았다. 물론 과거의 시간이 없었더라도 내가 한수호를 생각하는 마음은 같을 것이다. 그 애를 내가 다르게 생각할 수는 없을 테니까.

등굣길 버스 안에서 한수호가 내 옆에 섰던 날, 그날의 모든 감각이 그대로 저장되었다. 아이들의 소란스러운 말들 속에서도 한수호의 작은 행동, 표정 들이 내는 소리가 선명하게 들렸다. 열어 놓은 버스 창문으로 그윽한 향기가 실려 왔다. 말을 건네 볼까, 몇 번이나 망설이며 입술을 달싹였다. 한수호가 기억을 해 주면 좋을 텐데 그걸 기대하기에는 우리의 시간이 너무 까마득하고 희미했다. 한수호에게 과거의 일은 진즉에 삭제되었을 테고, 한수호가 나에 대해 아는 건 스치며 본 얼굴이 전부일 것이다. 아마도 그럴 것이다.

나는 1반 이민서야. 오래전에 너를 알았고 그때의 너를 기억하고 있어. 장난기 가득한 얼굴로 다정하던 너를.

너도 나와 같다면 어떨까. 너도 나를 궁금하게 여긴다면.

나는 국어랑 영어를 좋아하고 가방 안에는 시집도 한 권 있어. 내 마음과 닮은 문장을 읽으면 위로가 되거든. 음악 들으면서 걷거나 자전거 타는 것도 좋아해. 달리기는 못해도 피구를 잘하고 야구랑 축구 룰도 다 알아. 그리고 나는……

수호야, 나는 너에게 하고 싶은 말이 많아. 네가 알았으면 하는 것들도. 그런데 너는 아무것도 모르지. 지금쯤 너는 헤어진 여자친구 때문에 힘들어하고 있을 수도 있고, 쓸쓸하다고 느낄 수도 있어. 채이 말대로 또 여자친구가 생길지도 모르고. 그 전에 너에게 다가가고 싶지만 나는 계속 제자리를 맴돌게 돼. 너는 저 멀리에 있는 것 같고 그곳에 닿기에 내가 가진 용기는 너무 부족해서.

그 애를 떠올리며 웃던 얼굴은 어느새 침울해졌다. 사랑은 한 가지 감정이 아니라는 인성이의 말은 이런 뜻일까. 좋아하면서도 슬프고 외롭고 서운함이 밀려오다가 다른 사람을 질투하기도 하고. 그래도 한 가지는 확실했다. 여러 감정들 중에서도 가장 큰 게 뭔지 알고 있으니까.

뜻밖의 기회가 온 건 소담이 덕분이었다. 아나운서가 되고 싶다더니 동아리를 방송반으로 정했다면서 내게도 같이 하자고 제안했다. 영어 회화반에 들까 고민 중이라는 말에 소담이는 질색했다.

"학원도 다니는데 또 영어라니. 같이 방송반 지원하는 거다!"

나도 새로운 동아리를 들고 싶기도 해서 그러기로 했다.

문제는 방송반은 경쟁률이 높고 면접까지 통과해야 한다는 점이었다. 소담이의 얘기를 들었을 때만 해도 가볍게 도전해 보자 했는데, 막상 면접을 보려니까 떨리기 시작했다. 게다가 거기서 그 애를 만날 줄은 정말 몰랐다. 한수호가 방송반 면접에 나타난 거였다.

면접 순서를 기다리는 동안 나는 약간 떨어진 자리에 있는 한수호에게 온통 관심이 쏠렸다. 한수호가 어떤 말을 하는지 최대한 귀를 열고 들으려고 했다. 피디, 카메라, 경쟁률, 방송국, 이런 말들이 간간이 들렸다. 아마도 한수호는 방송 관련 학과에 가서 피디로 일하고 싶은 모양이었다. 피디가 된 한수호. 영화의 한 장면처럼 눈앞에 그려졌다. 그리고 잠시 뒤.

"너희는 피디에 관심 있어?"

이건 대체 누구 목소리일까. 나 자신이 믿기지가 않았다. 내가 한수호한테 말을 걸다니. 정확하게는 한수호가 아니라 한수호 옆에 있는 애를 보면서 물은 거지만. 어쨌든 내 말에 한수호와 그 친구가 동시에 나를 보았다. 살짝만 고개를 돌리면 한수호와 눈이 마주칠 수도 있는데 차마 그러지 못했다. 혹시라도 얼굴이 빨개지면 난처할 테니까.

다행히 한수호 친구가 피디와 엔지니어에 관심이 있다며 내 말을 받아 주었다. "너흰 아나운서?" "난 아나운서, 얘는 방송작가." 한수호 친구가 물었고 소담이가 대답했다. 알고 보니 한수호 친구랑 소담이는 초등학교 때 같은 반인 적이 있었다. 소담이는 한수호의 친구를 정찬우, 라고 불렀다.

나는 한수호가 우리의 관계에 대해서 말하지 않을까 내심 기대했다. 실은 우리도 아는 사이라고. 내 운동화를 찾아 주려고 했었다고. 그러면 나는 자연스럽게 물을 것이다. "그게 기억나?" 하지만 한수호는 그런 얘기를 하지 않았고, 나도 말을 꺼내지 못했다.

그래도 소담이랑 정찬우 덕분에 우리는 잠시 얘기를 나눌 수 있었다. 지난 면접에서 나왔던 질문과 정보를 주고받는 정도의 대화였지만, 공통의 관심사를 가지고 있다는 사실만으로도 특별하게 느껴졌다. 방송반에 꼭 들고 싶었고 갑자기 방송작가라는 꿈도 솟아났다. 그게 마치 운명인 것처럼.

"민서야, 이제 우리 차례야."

소담이가 내 이름을 불렀다. 한수호도 들었겠지, 내 이름을.

대화가 끊어져 아쉬웠지만, 한편으로는 가슴이 벅찼다. 한수호에게 크게 한 걸음 다가간 것 같았다. 한수호랑 나란히 방송반에 합격해서 가깝게 지낼 거라는 꿈에 부풀어 며칠 동안은 잠도 설쳤다.

하지만 결과는 내 뜻대로 되지 않았다. 소담이만 합격했고, 나를 비롯해서 한수호랑 정찬우도 합격자 명단에 없었다. 한수호가 떨어진 걸 두고 다들 의아해했다. 소담이는 남자 선배들의 질투 때문에 이런 결과가 나왔다고 열을 올렸는데, 이기적이게도 나는 잘됐다는 생각이 들었다. 나만 떨어졌으면 실망은 훨씬 컸을 테니까.

수업이 끝나고 채이, 인성이랑 '오며가며'에 모여 소담이에게 축하를 해 줬다. 이모는 "좋은 일이 있단 말이지?" 하더니 떡볶이에

버섯을 잔뜩 넣었다. 채이가 포크로 버섯을 들어 올리며 불평하는 말을 역시나 이모는 들은 척도 하지 않았다. 채이는 표정을 찌푸리며 버섯을 앞접시에 투척했는데, 인성이가 서준수 얘기를 꺼내자 언제 그랬냐는 듯 금방 달뜬 얼굴이 되었다. 서준수는 요즘 채이랑 썸을 타는 다른 학교 아이로, 실제로 본 건 같은 단지에 사는 인성이뿐이었다.

"언제까지 썸만 탈 건데? 좋으면 그냥 고백해."

얼마 전 이별을 겪은 것과 다르게 소담이는 적극적으로 표현하라는 쪽이었고, 채이도 그럴 결심인 듯했다.

"상대방 감정도 중요한데······."

나도 모르게 중얼거리고 나서 뜨끔했다. 채이랑 소담이는 별로 신경 쓰지 않았지만, 인성이가 눈을 가늘게 뜨고 나를 보고 있었다. 나는 좀 당황하고 말았다. 인성이는 눈치가 기가 막혀 평소에도 상황 파악을 빨리 하는 편이었다. 무슨 일이든 인성이한테 들키지 않는 게 가장 어려웠다.

내가 한수호 얘기를 솔직하게 하지 못하는 건 친구들을 믿지 못해서가 아니다. 말하고 싶은데 어디서부터 언제 어떻게 해야 좋을지 알 수가 없었다. 내 진심이 가벼이 흩어질까 봐 섣불리 말할 수 없다는 걸 친구들은 이해할까.

"이것저것 재다가 평생 모태 솔로로 남는 수가 있어."

소담이는 나와 인성이를 겨냥한 듯 우리 둘을 번갈아 보며 말했다. "모솔이 어때서?" 인성이는 대수롭지 않게 되물었지만, 채이는 두 팔로 엑스를 만들며 부정했다.

"따지지 말고 우리 그냥 사랑하자. 말도 너무 예쁘잖아. 사랑, 러브. 어감 자체가 감미로워."

채이가 혀를 굴리며 '러브'를 발음하자, 정말 그렇게 느껴졌다. 미움이나 증오 같은 단어에서 뿜어져 나오는 기운과는 확연히 달랐다. 사랑, 러브. 속으로만 말했는데도 달콤한 느낌이 들었다.

나는 가만히 한수호를 떠올렸다. 한수호의 부드러운 눈빛과 그 앞에 마주 선 나도. 우리에게 달금함이 가득할 때 나는 뭐라고 말을 하고 어떤 표정을 지을까.

"무슨 생각 하는데?"

인성이가 발을 툭 치면서 나를 흘겼다. 뭔가 의심하는 것도 같고 아닌 것도 같고 괜히 찔려서 눈을 피했다. 마침 소담이의 휴대폰이 울려 모두의 시선이 그리로 쏠렸다. 소담이는 조금 의외라는 기색으로 전화를 받았다.

"……그래? 관심은 가는데…… 내 친구? 아, 이민서!"

이민서? 나? 포크를 내려놓았다. 나를 찾는 애가 누구일까 궁금했다. 잠시 응응, 대답만 하다가 소담이는 "의논해 보고 알려 줄게." 하면서 통화를 끝냈다. "누구야?" "왜?" 다들 조급하게 물었는데 가장 궁금한 건 물론 나였다.

"정찬우가 동아리 만들자는데?"

소담이의 말에 나는 너무 놀라 표정 관리가 잘되지 않았다. 찰나에 많은 생각이 빠르게 스쳐 갔다. 정찬우랑 함께 있던 한수호가 먼저 떠오르는 건 당연했다.

"다큐멘터리 찍을 거래. 영화도 만들고. 방송반 떨어진 애들끼리 의기투합하는 건가?"

소담이가 고개를 갸웃거리며 말했다. 최소 다섯 명 이상은 모여야 동아리 신청을 할 수 있기 때문에 소담이를 통해 나에게도 제안을 한 거였다. 소담이는 어떻게 할 건지 내게 눈으로 물었다. 나는 '한수호도 한대?' 묻고 싶은 걸 겨우 참았다.

이미 동아리를 두 개나 들어 놓은 채이가 특히 아쉬워했다. 인성이도 독서토론 동아리로 결정한 상태였고, 소담이도 방송반에 합격했기 때문에 시간이 날지 모르겠다며 갈등했다. 그래도 내가 하면 자기도 고려해 보겠다고 여지를 남겼다.

"글쎄. 멤버가 중요하니까."

나는 살짝 돌려 말했다.

"누가 낄지 확실하지는 않은데, 정찬우랑 한수호는 할 거야. 걔네가 시작하는 거니까."

가슴이 쿵 내려앉았다. 그럼 소담이에게 연락을 하기 전에 한수호가 나에 대해 말했을지 모른다. 그때 방송반 면접 봤던 애들이랑 같이 하면 어떨까, 하고. 그 말을 할 때 한수호가 내 얼굴을 떠올렸을까. 생각만으로도 심장이 뛰었다.

"해…… 보지 뭐."

나는 짐짓 태연한 척 떡볶이에 포크를 찔러 넣었다. 다큐멘터리를 만든다는 것도 충분히 멋진 일이고, 방송반 면접을 본 뒤로 방송작가라는 직업에 부쩍 관심도 갔다. 시작도 안 했는데 열심히 하고 싶은 의욕이 생겼다. 소담이는 아직 망설이면서도 정찬우에게 메시지를 보내 내 의견을 전했다.

작은 시작이 이렇게 발전해 나갈 줄은 몰랐다. 면접 날 내가 건넨 한마디가 첫걸음이 된 셈이다. 한수호에게 다가가는 보폭이 한층 넓어질 것 같아 나는 잔뜩 부풀었다.

외출 준비를 하는데 콧노래가 절로 나왔다. 동아리 결성을 위한 최종 논의가 필요해서 가입한 애들이 전부 모이기로 한 날이었다. 의견을 정리해 선생님께 운영 계획서를 내야 했다. 혹시라도 선생님이 동아리를 통과시켜 주지 않는 건 아닐까 걱정은 됐지만 느낌이 나쁘지 않았다.

모임 장소는 학교 근처 카페인데, 약속이 잡힌 다음부터 나는 이날만 손꼽아 기다렸다. 삼 일 남았구나, 이제 이틀, 하루. 마침

내 오늘.

새벽부터 눈이 번쩍 떠졌다. 토요일이지만 학교에 갈 때보다 일찍 일어났고 몸도 가벼웠다. 좋은 일이 생길 것 같은 예감이 들었다. 청바지와 흰색 셔츠, 아이보리 색 카디건을 걸치고 깨끗하게 빨아 놓은 운동화를 신었다. 운동화에 발을 넣을 때는 오래전 그날이 떠올라 웃음이 나왔다. 날씨까지 화창해 정말이지 모든 게 완벽했다.

동아리에 들겠다고 한 날부터 일은 빠르게 진행되었다. 소담이가 알려 준 내 연락처를 받아서 정찬우는 단체 대화방에 나를 초대했다. 그리고 거기에서 나는 한수호를 만났다. 한수호의 이름과 프로필 사진이 뜬 걸 보고도 실감이 나지 않았다. 휴대폰을 손에 꼭 쥐었는데 두근거림이 가라앉지를 않았다. 설명할 수 없는 기분의 연속이었다. 설레다가 걱정이 되면서 용기가 나고, 그러다가 담담한 척하려는 감정이 뒤섞였다. 이제 한수호랑 친해질 수 있을까, 편하게 지내다가 특별한 사이로 발전할 가능성도 있을까. 어쩌면 실망할 수도 있다. 내가 한수호에게, 또는 한수호가 나에게. 일어나지 않은 일들, 어떻게 흘러갈지 모를 일들에 나는 마음을 빼앗겼다.

멤버는 금방 구성되었다. 관심 있어 하는 애들을 정찬우가 나서서 적극적으로 섭외한 덕분이었다. 갈등하던 소담이도 방송반이랑 병행하는 게 힘들겠지만 합류하기로 결정을 내렸다.

내 중심은 오로지 동아리 일에 가 있었다. 같은 관심사를 가진 아이들과 소통하다 보니 동아리 일도 갈수록 흥미가 생겼고, 여러 가지 콘셉트도 떠올랐다. 대화방에서도 어느 때보다 활발하게 내 의사를 표현했다.

내가 평소랑 다르다고 엄마가 자꾸 캐물어 동아리에 대해 말했더니, 아빠까지 덩달아 추억에 젖었다. 아빠도 대학 때 영화 동아리를 하려다가 말았다는 다소 허탈한 과거사였는데, 나는 그런 얘기도 재미있게 들을 수 있었다. 내 마음이 그랬다.

서두르고 싶지 않아서 일찌감치 집을 나섰다. 약속 장소에 도착하니 정찬우가 와 있었다. 우리는 오래전부터 친했던 사이처럼 어색함 없이 얘기를 나누었다. 정찬우는 의욕에 넘쳐 동아리 계획에 대해 쉬지 않고 의견을 냈고, 그사이 다른 아이들이 하나둘씩 도착했다. 문이 열릴 때마다 돌아보았지만 한수호는 아니었다. 약속한 시간이 지나 소담이까지 헐레벌떡 뛰어왔는데도 그때까지 한수호는 오지 않았다.

"다 왔으니까 본격적으로 얘기해 볼까?"

정찬우 말에 나는 벌떡 일어나 외칠 뻔했다. 아직 한수호가 안 왔잖아!

"한수호는?"

다른 아이가 대신 물었다. 정찬우는 그제야 기억난 듯 한수호는 급한 일이 생겨 오늘 빠지게 됐다는 소식을 전했다. 단체 대화방에 올리면 첫 모임부터 분위기를 망칠까 봐 정찬우에게만 말했다는 것이다. "피디가 빠지면 어떡해?" 소담이의 투덜거리는 소리가 까마득하게 멀어졌다.

그 순간 내 마음은 착 가라앉았어. 며칠 전부터 오늘만 기다렸는데. 설레고 들떠서 보낸 시간이 너 때문만은 아니라고 거듭 생각해 보아도 달라지지 않았어. 내가 그토록 기대한 일이 너에게는 별일 아니었을까.

이해하려고 해 봤어. 가족 중 누군가 아팠는지 몰라. 서둘러 잡힌 집안 행사로 어쩔 수 없이 어딜 가야 했던 것일 수도 있어. 그래도 실망한 내 마음은 좀체 풀어지지 않았어. 머리를 몇 번이나 새로 묶었는데. 굳이 운동화를 빨 필요도 없었는데. 나 혼자 두근거렸다는 사실이 싫었어. 너는 없고 나는 여기 있다는 게.

"작가, 네 생각은 어때?"

정찬우가 물었을 때에야 "응?" 하며 고개를 들었다. 회의가 어떻게 진행되었는지도 모르게 끝나 버렸다. 구상한 아이디어가 많았는데 절반도 얘기하지 못했다.

문학동네 청소년

홈페이지 www.munhak.com
카페 cafe.naver.com/mhdn **북클럽** bookclubmunhak.com
트위터 @kidsmunhak　**인스타그램** @kidsmunhak
문의전화 (02)3144-3237(편집) (031)955-3576(마케팅)

문학동네청소년은 넓고 깊게 세상을 만나는 십 대들의 책입니다.
나의 가치와 우리의 가치가 어우러지는 세상을 향해 나아갑니다.

057 **훌훌** 문경민 장편소설

과거를 싹둑 끊어 내면, 나의 내일은 가뿐할 텐데.

과거와의 단절을 선언하며 독립을 꿈꾸던 열여덟 살 유리가 곁의 사람들과 연결되어 가는 과정을 그렸다. 마음과 마음은 연결될수록 가벼워지기도 하는 것. 버거운 덴 각자의 이유가 있을지라도, 가뿐해지는 방법은 어쩌면 하나뿐일지 모른다.

제12회 문학동네청소년문학상 대상 | 2023 원주 한 도시 한 책 | 제14회 권정생문학상 수상작
2024 전남, 양주, 완주 올해의 책 | 2024 올해의 수성북

060 **얼토당토않고 불가해한 슬픔에 관한 1831일의 보고서**

조우리 장편소설

소수는 특별해. 아주 단단한 숫자들이지. 넌 소수처럼 단단해질 거야.

5년 전 7월 19일, 동생 혜진이가 사라지고 1831일이 흘렀다. 맙소사, 모든 숫자가 소수잖아! 기이한 우연이 겹치는가 싶더니 마침내 혜진이를 목격했다는 증인이 나타난다. 그래, 말도 안 되는 슬픔이 불쑥 덮쳐오는 게 인생이라면, 그 슬픔을 견디게 하는 선의 또한 불쑥 찾아올 수 있는 거야.

061 **오늘의 인사** 김민령 소설

오늘의 교실은 15도 정도 각도를 튼 것처럼 느껴졌다.
어쩌면, 오늘의 내가 살짝 기울어져 있는지도.

허리를 삐끗하기 전엔 내 허리가 제대로 붙어 있는지 생각해 본 적이 없었어. 먼지는 늘 여기에 있지만 햇빛이 비치지 않으면 보이지 않지. 나나무가 결석한 오늘 나는 그 어느 때보다도 많이 나나를 생각했어. 만약 내가 없으면, 그 빈자리는 어떻게 보일까? 청량하고 애틋하게 오늘의 다름을 알아채는 일곱 편의 이야기.

2023 문학나눔 선정도서

062 **노파람이 아르바이트를 그만둔 날** 허진희 장편소설

그 아르바이트, 해 볼게요. 저에겐 집을 떠나 보고 싶은 이유가 있거든요.

『독고솜에게 반하면』으로 문학동네청소년문학상 대상을 받은 허진희 작가의 두 번째 장편소설. 열일곱 살의 겨울방학, 노파람은 숙식 제공 아르바이트 제안을 받고 집을 나선다. 세상의 눈을 피해 운영되는 식당, '헤븐'으로. 난생처음 가족이란 울타리를 벗어난 노파람은 무엇을 마주하게 될까.

2024 아침독서 추천도서

063 **고요한 우연** 김수빈 장편소설

나는 네가 궁금해졌어. 아주 많이.

교실에서 늘 돋보이는 아이 '고요', 조용하지만 어쩐지 궁금해지는 아이 '우연'. 매일 밤 나랑 익명으로 대화를 나누는 이는 정말로 두 사람 중 한 명인 걸까? 온라인과 오프라인 세계를 넘나들며, 달의 뒷면처럼 영영 볼 수 없을 것만 같았던 누군가의 이면이 차츰 드러나기 시작한다.

제13회 문학동네청소년문학상 대상 | 2023 올해의 청소년교양도서 우수선정도서
제1회 신구문화상 | 2024 양주, 대구 올해의 책 | 2024 아침독서 추천도서

064 **너를 위한 B컷** 이금이 장편소설

**오늘도 타인의 SNS 속 A컷에 '좋아요' 하셨습니까?
잘라 버린 B컷의 진짜 이야기**

선우는 서빈이의 유튜브를 편집하면서 서빈이를 실제보다 더욱 매력적인 인물로 연출한다. 하지만 영상 편집 중에 삭제했던 장면들이 어떤 사건의 일부였음이 밝혀지고, 선우는 자신이 이 일을 몰랐다고 할 수 있을지 고민에 빠진다. 이금이 작가는 누구나 자기를 편집해 보여 줄 수 있는 SNS 시대의 명암을 예리하게, 그러면서도 사려 깊게 비춘다.

2023 문학나눔 선정도서 | 2024 아침독서 추천도서 | 2024 구례, 구로 올해의 책

065 **착륙할 때 박수를** 엘리자베스 아베체도 소설

우리의 결말은 단단한 땅에, 함께, 무사히 닿는 것

카네기 상·내셔널 북 어워드 수상 작가의 경이로운 운문소설. 실제 일어난 대형 참사를 모티브로 수년간의 치열한 취재 끝에 쓴 이야기이다. "죽음 이후에 거침없이 까발려지고 만 사람들의 커다란 비밀"을 중심에 놓았다. 상실과 애도에 관한 이야기인 동시에 가장 가까운 이들조차 몰랐던 비밀에 대한 이야기.

2020년 뉴욕 타임스 베스트셀러 | 굿리즈 초이스 어워드 청소년소설 부문 수상
전미도서관협회 선정 청소년소설 TOP 10

066 **여름을 한 입 베어 물었더니** 이꽃님 장편소설

가장 눈부시게 찬란할, 우리의 열일곱 번째 여름

한없이 뜨거운 여름날, 서로에게 강한 끌림을 느낀 것이 시작이었다. 그 아이의 아픔을 알아 보면서, 난생처음 지켜 주고 싶다는 마음이 싹트면서 두 아이는 그동안 알려 하지 않았던 자신의 이야기에 처음 직면하게 된다. 고통스럽기만 할 줄 알았던 이번 여름이 마침내 '가장 찬란하고 벅찬' 둘의 여름이 되기까지.

2023 올해의 청소년교양도서 추천도서 | 2024 전라남도교육청장성도서관, 남원시공공도서관, 포천, 나주 올해의 책 | 2024 서점인이 뽑은 올해의 책

068 **내 정체는 국가 기밀, 모쪼록 비밀** 문이소 소설

**"난 22세기가 재밌을 것 같아.
내 표고버섯이 세상을 구할지도 모르지."**

인공지능이 나를 덕질한다면? 21세기를 방문한 22세기 인간이 은근히 손이 많이 가는 스타일이라면? 내 옆의 그가 감쪽같이 정체를 숨긴 외계 생명체라면? 내 집 문을 두드린 이가 가출한 반려로봇이라면? 우주의 광막함을 유머와 다정으로 방울방울 채운 한낙원과학소설상 수상 작가, 문이소의 첫 SF 소설집.

069 **네임 스티커** 황보나 장편소설

**그러니까, 이 스티커에다가 이름을 써서 화분에 붙이고
뭔가를 빌면 그게 이루어진다고?**

스티커에 이름을 써서 화분에 붙이고 뭔가를 빌면 이루어진다는 민구. 은서는 같은 반 민구의 이상한 고백을 듣고 막다른 벽 앞에서 힘차게 스스로를 구해 낸다. 불안, 질투, 사랑, 원망, 휘몰아치는 감정의 소용돌이 속에서 흔들리던 은서가 붙잡은 어떤 '이상함'에 대한 이야기.

제14회 문학동네청소년문학상 대상 | 2024 올해의 청소년교양도서 추천도서

집에 와서 이불을 머리끝까지 쓰고 침대에 누웠다. 한수호가 좀 미웠다. 그 애는 잘못한 게 없지만 나는 그 애가 미웠다. 그 애 때문에 내가 아프고 그 애가 날 아프게 했다는 생각이 들었다. 본격적으로 동아리 활동을 하게 되면 이런 일은 또 생길지 모른다. 혼자 좋았다가 실망하고 슬퍼하는 일. 조금이라도 한수호가 친절을 보이면 들뜨다가 외면하는 느낌이 들면 쓸쓸해지는 일.

그만둬야겠다, 한수호 따위. 이제 아무것도 느끼지 말아야지. 정찬우 대하듯 편하게 대해야지, 다짐하고 또 다짐했다. 어쩌면 내 감정에 너무 빠져 있었던 건지도 모른다. 이성적으로 받아들이면 앞으로 얼마든지 달라질 수 있을 것이다. 그 대신 딱 하루만 슬퍼하기로 했다. 오르내리는 감정이 균형을 잡을 때까지 나는 침대에 누워 한동안 그렇게 있었다.

이상한 건, 한 걸음 다가갔다 싶을 때는 훌쩍 멀어지더니 돌아서려고 하니까 또 성큼 앞으로 다가온다는 사실이었다.

첫 모임 이후 단체 대화방은 더 활기를 띠었다. 정찬우가 선생님에게 우리의 계획을 전달했고, 선생님도 긍정적으로 받아들였다. 이제 학교의 승인만 남은 상태였다.

한수호는 약속을 못 지켜 미안하다는 말을 남겼다. 그러면서도 그날 왜 오지 못했는지 말하지 않았다. 단체 대화방에 뜬 미안,

이라는 글자를 들여다보다가 나는 그대로 휴대폰을 내려놓았다. 실수를 한 거라면 괜찮다고 하겠지만, 일방적으로 약속을 어기고 이유도 말하지 않은 채 이해를 바라는 건 이기적인 사과였다. 어쨌든 뭐, 이제 상관하지 않기로 했으니까.

그래서 느닷없는 한수호의 연락에도 태연히 굴 수 있었다.

— 저번 회의에 대해서 궁금한 게 있는데 이따가 잠깐 얘기할 수 있어? 찬우가 너한테 물어보라고 해서.

얼마 전이라면 분명 가슴이 설레어 갖가지 상상을 했을 것이다. 동아리에 다른 애들도 많은데 왜 나일까, 혹시 정찬우 얘기를 꺼낸 건 핑계 아닐까 하며 혼자 추측했을 것이다. 그렇지만 이제는 아니다. 그날 나온 여러 가지 의견을 정리한 건 나였다. 전체 모임을 금방 또 가질 수도 없고, 단체 대화방에서는 하기 어려운 얘기일 수도 있어서 나한테 연락했을 거라고 짐작했다. 이건 아무것도 아니다, 아무 의미도 없는 일이다, 속으로 말한 뒤에 대답했다.

— 그래.

수업이 끝나고 운동장 스탠드에서 한수호를 보기로 했다. 답장을 보내고 아침에 머리를 감지 않은 것, 체육 시간이 있어서 빨지 않은 운동화를 신고 온 사실이 퍼뜩 떠올랐다. 그러다가 설레설레 고개를 저었다. 무슨 상관이람. 소담이나 정찬우를 만날 때랑

똑같아. 한수호는 그저 동아리 멤버라고. 물론 아예 신경이 안 쓰인 건 아니다. 수업 중에도 자꾸만 시계를 보게 되고 약속 시간이 다가오는구나, 끊임없이 되뇌고. 하지만 그건 누구와의 약속이라도 마찬가지다. 약속이란 원래 그런 거니까.

종례가 끝나고 소담이에게 같이 갈 건지 물어보았다. 소담이는 방송반 회의가 있다며 인사도 하는 둥 마는 둥 사라졌다. 복도에서 인성이랑 채이를 마주쳐서 한수호를 만나기로 했다고 말하기도 했다.

"피디랑 작가로서 상의할 게 있거든."

"안 물어봤는데."

인성이 말에 머쓱해졌는데, 채이는 특별 출연도 할 수 있으니 뭘 찍을지 결정되면 꼭 알려 달라고 했다.

아이들을 지나쳐 계단을 내려와 현관 밖으로 나왔다. 구름이 잔뜩 끼어 어두컴컴하고 공기까지 눅눅했다. 지난번 모임 때와는 완전히 다른 날씨였다. 한 걸음, 한 걸음. 만나기로 한 장소로 발을 옮겼다. 한수호가 또 약속을 지키지 않는 건 아닐까 싶어서 휴대폰을 확인했다. 별다른 연락은 없었다. 약속 시간은 이제 십 분도 남지 않았다.

약속 장소에 먼저 도착하면 가만히 앉아서 운동장이나 보고 있다가, 한수호가 시야에 들어올 때 손을 흔들어 인사하기로 했다. 한수호가 말을 건네도 덤덤하게 대답할 것이다. 만약 오래전 얘기를 하게 된다면 그런 일도 있었지, 하며 웃어넘길 생각이다.

모퉁이를 돌자 운동장이 보였다. 운동장 너머 스탠드에 한 사람이 앉아 있었다. 익숙한 옆모습. 수없이 흘끗거렸던 얼굴. 멀리서도 한눈에 알아볼 수 있었다. 그건 바로 한수호니까.

쿵쿵. 심장이 뛰었다. 이건 아닌데. 이러지 않기로 했는데. 한 손을 가슴에 대고 속으로 말했다. 그런데 심장이 말을 듣지 않았다. 한동안 잘했는데. 우연히 한수호를 봐도, 한수호에게서 연락이 왔을 때도 괜찮았는데. 나는 또 왜 이럴까.

천천히 한수호에게 다가갔다. 기척을 느꼈는지 한수호가 돌아보았다. 눈이 마주치자 한수호가 웃었다. 나를 향해 미소 지었다. 나도 웃으면 좋을 텐데, 그만 시선을 피하고 말았다. 굳게 마음먹었던 것들이, 할 수 있을 거라고 믿었던 다짐들이 흩어졌다. 빠르게 움직이는 구름처럼.

다시 고개를 돌렸을 때, 한수호는 운동장에서 농구하는 아이들을 보고 있었다. 언제나 가슴 설레게 만드는 아이. 그 아이가 점점 가까워졌다.

어두웠던 주위가 차차 밝아졌다. 모든 것이 한수호에게서 시작되는 것 같았다. 그 애의 움직임에 바람이 일고, 빛이 부서지는 듯했다. 구름 사이로 내리는 햇살도, 흔들리는 나뭇잎도, 빠르게 뛰는 내 심장도.

수호야. 나는 그냥…… 너라면 좋겠어. 재미있는 일이 있을 때 가장 먼저 말해 주고 싶은 사람이. 기분이 안 좋을 때 나를 위로해 주는 사람이. 친구랑 다퉜을 때 무조건 내 편이 되어 주는 사람이. 아무 말 하지 않아도 어색하지 않고 마주 보며 환하게 웃을 수 있는 사람이. 너라면…… 좋겠어.

언젠가는 이 말을 할 수 있을까. 하고 나서 후회하지 않을까. 하지 않는 게 후회되는 일일까. 여러 생각이 지나가는 사이에 나는 어느덧 한수호 앞까지 다가갔다. 한수호가 일어나 나와 눈을 맞추어 섰다. 살짝 웃는 얼굴이 예전과 다르지 않다는 걸 한수호의 눈을 가까이 보고서야 알았다. 파도처럼 너울거리던 마음이 잔잔하게 반짝였다. 그제야 나도 한수호를 향해 웃을 수 있었다.

온음표가 필요해

새벽 한 시. 시간을 확인하고 김샘은 길게 한숨을 내쉬었다. 누워서 뒤척인 지 벌써 두 시간이 지나갔다. 낮부터 무거워지던 마음은 저녁이 되자 울적해져 잠자리에 들 즈음에는 고통스럽기까지 했다. 일요일 밤, 자정이 넘었으니 이제 월요일이 되었는데도 김샘은 잠을 설치고 있었다.

'송유찬 이 자식을 어떻게 한담?'

'구슬 샘 진짜 짜증 나.'

출근 후 일어날 수 있는 일들이 김샘의 머릿속에서 드라마의 예고편처럼 펼쳐졌다. 송유찬의 표정, 임구슬 선생님의 말투, 반 아이들과 교무실 선생님들의 웃음소리가 생생하게 재생되었다.

주말 동안 송유찬은 또 무슨 계획을 세웠을까. 송유찬은 김샘이 담임을 맡은 2반에서 요주의 인물이었다. 학년 초에 송유찬이 반 분위기를 몰아갈 때 그냥저냥 넘긴 걸 김샘은 후회했지만, 솔직히 송유찬은 김샘에게 만만찮은 존재였다. "너 조용히 안 해? 지금 수업하는 거 안 보여?" "보이는데요. 샘은 애들 자는 거 안 보이세요?" "계속 그런 식으로 할래?" "그런 식이 뭔데요?" 언제나 당당하고 의기양양한 아이. 송유찬을 생각할 때마다 김샘은 머리가 지끈거렸다.

교무실 옆자리에 앉은 임구슬 선생님은 대답하고 싶지 않은 질문으로 사람을 무안하게 만들고는 했다. "주말에 집에만 계셨어요?" "친구도 안 만나요?" "무슨 낙으로 사세요?" 저마다 삶의 가치와 추구하는 방향이 다르고 취향과 관심도 다양한데, 매번 자기 기준으로 해석하고 판단하는 게 김샘은 못마땅했지만 웃음으로 넘겼다. 신경 꺼요, 라는 말을 입 밖으로 내뱉지는 못했다. 임구슬 선생님 역시 김샘의 영역 밖이었다. "구슬 샘은 항상 에너지가 넘쳐. 이러니 애들이 좋아하지." 젊고 활발한 성격에 붙임성까지. 교무실의 분위기가 임구슬 선생님 중심으로 흘러간 지도 오래되었다.

"김윤정, 윤정 샘."

김샘은 나직한 소리로 자기 이름을 불러 보았다. 구슬 샘, 지훈 샘, 명은 샘……. 동료 교사들은 '샘'이라는 호칭 앞에 다들 이름을 붙이거나 도덕 샘, 미술 샘, 보건 샘처럼 담당으로 부르는데 유독 김샘만 '김샘'이었다. 심지어 교직원 중에 김씨 성을 가진 사람은 한둘이 아니었는데도 교무실이나 복도에서 누군가 "김샘!"
하고 부르면 으레 김샘만 나를 부르는구나, 싶어서 돌아보았다.
언제부터인가 아이들조차도 이따금 그렇게 불렀다. 그 시작은 정
확히 알 수 없어도 이제 그건 김샘의 호칭이면서 별명이 되었다.
잘못된 건 아니지만 그 상황이 김샘은 마뜩지 않았다. '윤정 샘'
까지는 아니어도 '국어 샘'으로만 불려도 좋을 텐데…… 생각하
면서 김샘은 새벽녘이 되어서야 가까스로 잠이 들었다.

　김샘이 선생님이 된 지도 어언 십 년이 흘렀다. 시험 준비로 삼
년을 지내고, 마침내 임용 고사에 최종 합격하던 순간을 김샘은
잊을 수가 없다. 기뻐서 운 건 태어나 처음이었다. 흥분이 가시지
않은 채 가족들에게 소식을 알렸다. 그토록 바라던 일을 이루고
나니 그간의 고생도 말끔히 씻겨 나갔다. 그때 김샘은 여러 가지
인생의 목표를 세우고 미래를 설계했다. 다달이 부모님께 생활비
를 보내고 동생들 용돈도 챙겨 주고 청약 저축을 하고 결혼 자금
을 모으고……. 비로소 진정한 사회인이 된 기쁨을 맛보았다. 그
리고 거기에는 당연히 어떤 선생님이 되고 싶은지에 대한 포부도
담겨 있었다. 아이들의 고민을 귀담아듣고 도움을 줄 수 있는 참
스승이 되리라, 거듭 다짐했다.
　첫 부임지에서 김샘은 야심 차게 그 계획을 실행했다. 임시로

발령받은 학교였지만 말 그대로 열과 성을 다했다. 수업 준비에 공을 들이는 건 기본이고, 아이들과의 관계에도 신경을 썼다. 아이들도 김샘을 잘 따랐다. "샘, 가수 누구 좋아해요?" "샘, 숙소에서는 뭐 하고 지내요?" "샘, 민초 좋아하세요?" 아이들의 질문을 받는 것도 행복했다. "민트초코? 가끔 먹지. 민초 아이스크림 먹으러 갈래?" 김샘이 묻자 기다렸다는 듯 "네!" 대답하던 아이들.

한 학년에 한 반밖에 되지 않고 입학할 때의 반 구성이 졸업 때까지 이어지는 작은 학교였다. 그곳에서 김샘은 딱 일 년을 채웠다. 희망 지역으로 정식 발령을 받아 첫 학교를 떠나면서 김샘은 섭섭했다. 정든 아이들의 졸업을 함께하지 못하는 게 미안했다. 아이들과 작별 인사를 할 때에 김샘은 약간 울먹거렸는데, 오히려 아이들은 이별을 담담히 받아들였다. 그런 이별이 처음이 아니었던 탓이다.

돌이켜 보면 김샘은 그때의 일이 늘 걸렸다. 기껏 정이 들고 나서 훌쩍 떠나 버린 선생님을 아이들은 어떻게 기억할까. 웃는 얼굴이 예뻤던 예진이, 축구를 잘하던 민규, 말을 재미있게 하던 정아, 그리고 연수, 학찬이, 지호……. 상처를 준 건 아닐까. 정을 주지 않는 마음을 가르친 건 아닐까. 과거를 떠올릴 때마다 김샘은 그립기도, 괴롭기도 했다.

서툴고 아쉬웠던 면들을 차츰 채워 나가야지, 했었다. 하지만 시간이 지나며 되레 삐걱거리는 문제들이 더해지더니 조금씩 무너져 내리기 시작했다. 어딘가 어긋나거나 의도와 다르게 흘러갈 때가 많았다. 김샘도 모르게, 알면서도 어쩔 수 없이, 그렇게.

"이제 일어나. 수업 종 쳤잖아."

김샘은 일부러 목소리를 깔았다. 주먹으로 교탁도 탁탁 두드렸다. 그런데도 책상 위에 죄다 엎드려 있는 아이들은 누구 하나 꿈쩍하지 않았다. 잠을 자는 것도 아니었다. 서로서로 눈짓을 주고받으며 킥킥거리는 게 앞에 있는 김샘의 눈에 훤히 보였다. 고개를 들고 있는 아이는 딱 한 명 지선화였다. 지선화는 삐딱한 자세로 앉아 불만 가득한 얼굴로 김샘을 응시했다. '빨리 수업하라고요. 도대체 지금 뭐 하는 거예요?' 지선화의 속마음이 고스란히 전해졌다.

"장난 그만하고, 어서 일어나지 못해?"

강하고 권위적으로 말하고 싶었으나 김샘의 말투는 흡사 부탁조에 가까웠다. 몇몇이 풋 웃음을 터뜨렸다. 당황할수록 아이들이 재미있어한다는 걸 알기에, 김샘은 동요하지 않으려 했지만 갈수록 초조해졌다.

'교감 샘이 지나가다가 이 모습을 본다면……'

김샘의 등에서 식은땀이 흘러내렸다. 김 선생, 자기 반 통솔도 못 해요? 대체 어떻게 했길래 애들이 그러는지, 원. 교감 선생님의 다그침이 들리는 듯했다.

"한희정, 박보람, 성민우, 이시연!"

급기야 김샘은 아이들 이름을 하나하나 불렀다. 평소에 공부 좀 하거나 그나마 김샘을 잘 따랐던 아이들이었지만, 2학기에 접어들며 어느새 반 분위기에 휩쓸려 간 이름들이었다. 이시연을 부를 때는 간절해지기까지 했다.

'시연아, 넌 이러지 않았잖아.'

하지만 김샘은 보았다. 제 이름이 불릴 때 이시연이 옆자리 애를 보면서 배시시 웃는 것을.

"김샘, 애들이 수업하기 싫대요. 오늘은 그냥 접죠."

송유찬이 한 팔을 베개 삼아 엎드린 채 말했다.

"수업이 너희가 하고 싶을 때 골라 하는 거야?"

다급해진 김샘의 목소리가 떨려 나왔다. 그 소리를 듣자마자 송유찬이 벌떡 몸을 일으켰다.

"김샘! 지금 울어요?"

송유찬이 두 눈을 둥그렇게 뜨고 과장되게 말했다. 어떤 애들은 눈을 치뜨며 김샘을 쳐다봤다. "얘들아, 샘 울어." "오늘 수업 못 하겠다." "근데 왜 우는 거야?" 송유찬과 평소 친하게 지내는 애들이 주거니 받거니 했고, 나머지 애들도 키득거렸다. 지선화는 줄곧 김샘을 노려보고 있었다. 아주 답답하다는 표정으로.

어젯밤 김샘이 우려한 일은 현실이 되었다. 아이들을 어르고 달래다가 화를 내고 교실을 나갔다가 들어오고, 이것저것 다 해 봐도 아이들은 말을 듣지 않았다. 결국 김샘은 시선을 바닥에 둔 채 칠판에 기대섰다. 김샘이 아무 반응을 보이지 않자, 지루해진 아이들이 들썩이는 소리가 들렸다. 그래도 김샘은 움직이지 않았다. 아이들과 기 싸움을 하려는 의도는 아니었다. 판단이 서지 않았다. 이 상황에서 뭘 어떻게 하는 게 최선일까. 아이들을 위하는 일, 아이들에게 중요한 일은 대체 뭘까. 답은 나오지 않았고 그렇게 수업 시간 오십 분이 흘러갔다.

쉬는 시간 종이 울리자마자 아이들이 기지개를 켜며 일어났다. 지난주 내내 새로 준비한 수업 PPT는 펼쳐 보이지도 못했다. 아이들 관심을 끌기 위해 심혈을 기울여 만들었는데.

'그만두고 싶다.'

슬며시 고개를 들기 시작하던 마음이 점점 커지고 있었다. 많은 계획을 세웠고 좋은 선생님이 되기 위해 애썼건만, 최근의 하루하루는 김샘에게 지옥이나 다름없었다. 김샘은 유머 섞인 농담으로 아이들을 웃게 하는 재주도, 단번에 분위기를 제압할 카리스마도 없었다. 아이들과 전처럼 공감대도 잘 형성되지 않았다. 아이들과의 대화에서 번번이 한계에 부딪쳤고, 의지도 그만큼 꺾여 나갔다. 설상가상 아이들은 그런 김샘의 상태를 예리하게 파악했다. 악순환이 반복되면서 이제는 아이들의 눈빛, 아이들이 하는 말이 김샘을 긴장시켰다.

'선생으로서 내가 자질이 없는 걸까. 연차가 쌓이면 나아질 줄 알았는데 왜 계속 이럴까.'

1교시, 담임을 맡은 반에서부터 수업을 망치고 나니 의욕이 사라져 좀처럼 회복되지 않았다. 이어지는 3반 수업에서는 눈을 맞춰 주는 아이들이 고마울 정도였다. 그 아이들을 향해 김샘은 신호를 보냈다. 나도 학교생활이 버거워. 어떻게 하면 좋을까. 김샘의 마음이 조금씩 새어 나왔으나, 아이들은 그런 건 잘 모른다는 눈으로 김샘을 바라보았다.

교무실에 와서 털썩 주저앉았다. 김샘의 속이 사정없이 흔들렸다. 초반의 포부와 다른 무언가가 생기기 시작한 건 언제부터였을까. 욕설이 난무하던 학부모의 항의를 들었던 때였나. 지각이 잦은 반 아이 문제로 상담차 전화를 걸었었다. 담임이라고 밝히자마자 아이 아버지로부터 상관 말라며 폭력적인 말이 마구잡이로 쏟아졌다. 너무 갑작스러워 김샘은 대응할 겨를도 없었다. 정신을 차렸을 때는 이미 상대방이 전화를 끊은 뒤였다. 무슨 상황이지? 김샘은 사과를 받고 싶었지만 차마 다시 전화하지 못했다. 학기 말로 가면서 아이의 지각은 더욱 잦아졌으나, 김샘은 주의를 주는 것 이상의 적극적인 조치를 하지 못했다.

그래도 그때는 옆에서 위로하고 조언해 주던 동료들이 있었다. 상식이 통하지 않는 학부모나 통제 불능의 아이들을 대하는 노하우를 알려 주던 선배, 더한 일도 겪었다며 본인의 경험담을 들려주던 동기. 상상을 초월하는 일들, 거기에 진정한 교사와 학생, 학부모의 관계는 없었다. 그건 일부의 일이라며 위안 삼았지만 김샘의 가슴 한편에 어둠이 내려앉은 건 사실이었다.

어두운 자리를 느끼면서도 김샘은 놓치는 아이들이 없는지 두루 살폈다. 가출한 아이를 찾으러 다닌 적도 있었다. 김샘을 보고 끝내 눈물을 흘리던 아이를 김샘은 끌어안지 않을 수가 없었다. 더러 감사를 표현하는 학부모 덕에 보람을 느낀 순간도 적지 않았다. 하지만 그사이에도 어둠의 영역이 점점 확장되고 있는 줄 김샘은 의식하지 못했다. 이제는 후배들이 고민을 털어놓아도 선배로서 해 줄 말이 없었다. 참으라는 말은 조언도 위로도 되지 않았고, 김샘이라고 더 나을 것 없는 입장이었으니까.

"수행평가 관련해서 또 학부모 민원이 들어왔어요."

가뜩이나 어수선한데 교무부장 선생님의 호출까지 있었다. 수시로 민원을 넣는 학부모를 납득시키기 위해 김샘은 많은 에너지를 쏟아야 했다. 교무부장 선생님은 더는 민원이 들어오지 않게 김샘이 알아서 해결하기를 바라는 눈치였다.

'최악의 월요일이야.'

김샘은 밀려오는 두통에 관자놀이를 눌렀다.

수학여행을 가는 기차 안에서 아이들의 장난으로 밀가루를 뒤집어썼을 때도, 수업 중 일부러 쓰러진 아이를 들쳐 업고 뛰다가 넘어졌을 때도, 그 일에 아이들이 감동하기는커녕 두고두고 놀림감으로 삼았을 때도 김샘은 그럴 수도 있다고 생각했다. 대놓고 학원 수업 내용이랑 비교할 때도 그랬다. 일일이 따지며 아이들을 혼내거나 감정을 내세우고 싶지 않았기 때문에 꾹 참으며 넘겼다. 어른답게, 선생님답게 보이려 무던히 애를 썼다. 그런데 대체 어른다운 건 뭔지, 선생님다운 건 뭔지 김샘은 갈수록 혼란스러웠다.

다수와 소수. 김샘을 다독인 건 그런 거였다. 김샘을 만만하게 대하는 아이들이 있지만, 그렇지 않은 아이들이 훨씬 많다는 것. 예쁘고 반짝이는 아이들이 다가와 말을 건넨다는 것. 그 아이들에게 알려 주고 싶은 게 많고, 조금이라도 보탬이 되고 싶은 의욕이 김샘을 버티게 했다. 하지만 그것도 오래전 일, 지금은 남은 힘마저도 소진되었다.

"구슬 샘, 저번에 말한 이태리 레스토랑에서 오늘 저녁 어때? 혹시 데이트 있어?"

김샘의 등 뒤로 이명은 선생님의 목소리가 들렸다.

"데이트는 어제 했죠. 오늘 저녁 좋아요!"

"잘됐다. 선희 샘이랑 미주 샘도 가 보고 싶대. 자취생 지훈 샘도 물어볼까?"

"그런 건 안 물어봐도 됩니다. 전 이미 콜이거든요!"

교무실 안에 퍼지는 웃음소리.

바로 뒤에 앉은 김샘에게는 아무도 묻지 않았다. 김샘이 연달아 몇 번을 거절하고 난 뒤로는 자연스럽게 그리되었다. 김샘도 저녁에 약속이 없고 혼자 자취를 했으며 이탈리아 레스토랑에서 파스타를 먹고 싶었지만, 누구도 같이 가자는 말을 하지 않아서 서운했다. 그런데 또 누군가 김샘도 갈래? 하고 물으면 선뜻 네, 라고 대답할 수 없을 것 같아서 불안했다. 그렇게 따라간 자리에서 김샘은 즐겁게 밥을 먹을 수 없을 게 뻔했기 때문이다.

식사 자리에서 화제는 단연 아이들과 학교 업무, 각자의 근황이 될 텐데 김샘은 제대로 대화에 끼지 못할 것 같았다.

— 오늘 수업 안 하셨다면서요?

종례를 마치자마자 지선화 어머니에게서 메시지가 왔다. 진도는 많이 나가 있다는 말을 변명처럼 하고, 그 끝에 죄송하다는 글자를 찍으면서 김샘은 스스로의 태도에 화가 났다. 한쪽에 있던 그늘이 결국 온 마음을 잠식했다.

— 누나, 이번 달 대출 이자 좀 막아 줄 수 있어? 월급 타면 갚

을게.

지선화 어머니에게 답장을 보낸 직후, 남동생의 메시지가 왔다. 남동생은 휴학과 복학을 반복하다가 졸업이 늦어졌다. 취직한 지 얼마 되지 않았는데, 학자금 대출이 남은 상태에서 회사 근처에 방을 얻느라 추가 대출까지 받았다. 남동생 계좌로 송금을 하고 나자 김샘의 마음은 깊은 바닥으로 내려앉았다. 결혼을 앞둔 여동생에게 좋은 선물을 해 주고 싶었다. 오래되어 낡은 부모님 집도 손봐 드리고 싶었다. 무엇보다 자신의 좁은 원룸에서 빨리 벗어나고 싶었지만, 김샘에게는 전부 쉽게 이룰 수 없는 일들이었다.

선생님들이 썰물처럼 교무실을 빠져나갈 때 김샘은 덩그러니 자리에 앉아 있었다. 남은 사람은 김샘과 정년퇴직을 한 후에 기간제로 일하고 있는 박인범 선생님밖에 없었다. 박인범 선생님은 늘 가장 일찍 출근하고 가장 늦게 퇴근했다. 담임을 맡은 것도 아닌데 학교에 있는 시간이 누구보다 길었다. 김샘과 비슷한 결을 가진 사람, 교무실에서 김샘이 그나마 편하게 대할 수 있는 사람. 박인범 선생님은 손가락을 세워 느리게 노트북의 자판을 두드리고 있었다.

"요즘은 다 온라인 시스템이라……."

김샘의 시선을 느꼈는지 박인범 선생님이 멋쩍게 중얼거렸다. 혼자 애쓰고 있는 박인범 선생님의 모습이 자기 자신 같아서 김샘은 씁쓸한 기분이 들었다.

주섬주섬 퇴근 준비를 하다가 문득 고개를 돌렸을 때, 김샘은 교무실 입구에 서 있던 여자아이와 눈이 마주쳤다. 누굴 만나러 온 것 같은데 다들 퇴근한 뒤였다. 김샘과 눈이 마주치자 아이는 꾸벅 인사를 하고 돌아섰다. 누구더라. 김샘이 수업을 들어가는 반 아이인 건 확실한데 금방 떠오르지 않았다. 1반인가, 아니 3반인가? 언제부터 거기 있었을까. 김샘은 조금 심란해졌다. 교무실의 분위기를 아이들은 기가 막히게 읽어 냈다. 김샘의 주위에 아무도 없다는 걸 아이도 눈치챘을 것이다.

김샘은 자리를 정리하고 일어섰다. 박인범 선생님의 거북목 자세가 몹시 불편해 보였다. 김샘이 박인범 선생님에게 등 쿠션을 건넨 건 시골에 있는 아버지 생각이 나서였다. 굽은 등을 하고도 양파를 캐는 부모님.

"고마워요. 김 선생은 참 따뜻해, 사람이."

박인범 선생님의 말에 김샘은 살짝 웃는 얼굴로 대답을 대신했다.

교무실을 빠져나오는데 복도 창문으로 하늘빛이 붉게 물드는 풍경이 보였다. 김샘은 잠시 서서 하늘을 보았다. 힘든 하루였지만 이제 겨우 월요일이 지났다는 사실에 퇴근하는 걸음이 결코 가볍지 않았다.

분식집 앞에서 김샘은 약간 망설였다. 하루 종일 기분이 언짢아서인지 갑자기 떡볶이가 당겼다. '오며가며'에서 우연히 떡볶이를 먹은 적이 있는데 그 맛이 묘하게 중독성이 있었다. 가끔 들어가서 떡볶이 한 접시를 먹고 싶었지만, 발길을 돌리고는 했던건 아이들이 너무 많아서였다. 김샘이 근무하는 학교 아이들이특히 많았다.

그런데 오늘은 웬일인지 분식집에 손님이 별로 없는 듯했다. 김샘은 분식집 문을 밀고 들어갔다. 마침 안에는 다른 학교 교복이랑 생활복을 입은 아이들만 있었다. 김샘은 가장 구석에 앉아 메뉴를 훑어보았다. 메뉴판의 글자들만으로도 식욕이 일었다.

"여기 떡볶……."

김샘이 입을 뗀 것과 거의 동시에 문이 열리더니 여자아이 하나가 들어왔다.

"어!"

안으로 들어오던 아이가 김샘을 보고 눈을 크게 떴다. 김샘도 멈칫 놀랐다. 조금 전 교무실에서 봤던 아이였다. 포장해 갈까, 김샘이 갈등하는 사이에 아이는 냉큼 들어와 하필 김샘이 앉은 바로 옆 테이블에 앉았다.

"샘! 여기서 저녁 드시게요?"

스스럼없이 말도 걸었다.

"으, 응."

김샘은 어딘가 불편해지기 시작했는데 한편으로는 아이에 대한 정보가 금방 떠오르지 않아 답답했다. "은서, 뭐 해 줄까?" 주인아주머니의 말에 김샘은 그제야 생각이 났다. 맞다, 3반에서 봤어. 이름이 은서였구나. 1교시를 망치고 3반에서 얼이 빠져 수업하는 김샘을 또랑또랑한 눈으로 응시하던 아이. 그런 아이를 기억하지 못해서 김샘은 은서에게 미안해졌다.

"샘, 뭐 시키셨어요? 전 쫄면 먹으려고요."

은서가 물었고 김샘은 얼떨결에 떡볶이를 시켰다. 미안함 때문일까, 은서의 미소 때문이었을까. 뜻밖의 말이 튀어나왔다.

"다른 거 더 먹을래?"

"그래도 돼요?"

은서는 되물으며 자연스레 김샘의 테이블로 자리를 옮겨 앉았다. 그러고는 김밥을 추가로 주문했다.

"왜 혼자야?"

뱉어 놓고 나니 김샘은 자기가 한 말이 마음에 들지 않았다. 혼자인 건 김샘도 마찬가지였으니까. 반면 은서는 아무렇지 않게 대답했다.

"오늘 저녁은 혼자 먹고 싶어서요."

"근데 왜 여기 앉아?"

따지려는 건 아니었는데 질문이 삐딱하게 나왔다. 김윤정, 진짜. 스스로가 자꾸 못마땅했다. 다행히 은서는 "그러게요." 하며 웃어넘겼다. 맑은 웃음이었다. 아이 얼굴을 자세히 보는 것도, 웃음이 예쁘다고 느끼는 것도 너무 오랜만이라 김샘은 그 감정이 낯설기까지 했다.

은서는 쉬지 않고 말을 이어 갔다. 친하지도 않은 선생님이랑 합석한 상황에서도 친구랑 대화하듯 어려움이 없었다. 좋아하는 그룹의 새 앨범 얘기를 하다가 교실에서 있었던 소소한 일들을 이야기했다. 김샘은 "그래?" "정말?" 하면서 사이사이 추임새를 넣어 주었다. 그러면서도 속으로는 다른 생각이 겹겹이 쌓였다.

나한테 이 직업은 맞지 않는 건가. 그만두면 다른 일을 찾을 수 있을까. 가족들에게는 뭐라고 하지.

"저는 연기과 가고 싶거든요."

김샘의 고민을 알지 못하는 은서는 진로 고백까지 해 왔다. 김샘은 "그렇구나."라며 밋밋한 반응을 보였다.

"샘은 원래 꿈이 샘이었어요?"

은서의 질문이 갑작스러워 김샘은 잠시 주저했다.

"목표, 같은 거였지."

은서는 뜻밖이라는 표정을 지었다. 그럼 진짜 꿈이 뭐였는지 은서가 물었을 때, 김샘은 아주 오래전 과거로 돌아갔다. 선생님이 되겠다는 현실적이고 구체적인 미래를 설계하기 전에 막연했지만 설렜던 꿈을 꾸던 때로.

'피아노를 쳤던 적이 있었는데.'

어린 시절의 김샘이 불현듯 눈앞에 나타났다. 생기 가득한 얼굴의 어린아이를 김샘은 가만히 바라보았다. 재미있고 신나게, 무대 위 피아니스트처럼 연주에 흠뻑 빠져 건반을 두드리는 아이.

어느새 김샘의 마음에 물기가 스며들었다. 지금 울면 내일은 새로운 소문이 퍼질지도 모른다. '분식집에서 김샘 울었대.' 앞에 앉은 은서가 어떤 아이인지 김샘은 잘 몰랐다. 고개를 들어 찬찬히 은서를 보았다. 은서는 잘 웃었다. 말을 하는 동안에도 자주 웃었다. 이상한 건 은서의 웃는 얼굴을 보고 있으려니 김샘의 속이 더 뭉클해진다는 거였다.

'뭐지? 이 감정은?'

감추어야 해. 어른이니까, 선생님이니까. 김샘은 속으로 되뇌었다. 소리 내어 울고 싶었지만 그럴 수 없었다. 더구나 학생 앞에서. 마음의 둑이 허물어지려는 걸 김샘은 가까스로 가다듬었다. 때마침 음식이 나와 주의를 돌릴 수 있었다.

은서는 김밥을 하나 집어 한입에 넣었다. 김샘도 젓가락을 들고 떡볶이를 집으려는데 메시지 알림이 울렸다.

— 샘, 저 정규직 됐어요. 월급 타면 맛있는 거 사 드릴게요!

다른 학교에서 담임을 맡았던 반의 지예였다. 취직을 했다고 한번 찾아왔었는데 드디어 정규직이 된 모양이었다. 김샘은 진심을 담아 축하 메시지를 보냈다. 희미한 웃음이 나왔다.

"옛날 제자. 계약직으로 몇 년 일했는데 정규직 됐다네."

김샘이 말하자 은서는 "와!" 하고 감탄사를 뱉었다.

"무슨 뜻이니? 그 '와!'는?"

김샘은 진심으로 은서의 '와!'가 궁금했다. 그걸 알면 은서라는 아이에 대해서도 알 수 있을 것 같았다.

"대단하다는 뜻이죠. 샘 제자가 정규직 된 거랑, 샘이 예전 제자를 아직도 챙긴다는 것도요."

"예전 제자랑 연락 주고받는 거, 그게…… 대단한 거니?"

"저도 저번 방학에 초등학교 2학년 때 샘 만났어요. 대단하죠?"

은서는 말하고 나서 소리 내어 웃었고, 그 웃음에 전염이라도 된 듯이 김샘도 따라 웃었다. 그러고 보니 오늘 하루 동안 진심으로 웃은 건 처음이었다. 웃음이든 울음이든 어떤 식으로든 감정이 흘러나오게 되면 걷잡을 수 없는 특성이 있다. 한번 열리기 시작한 마음이 통제가 되지 않았다. 떡볶이를 베어 무는 김샘의 눈가에 눈물이 맺혔다.

"떡볶이가 좀 맵네."

눈물을 찍으며 김샘은 어색하게 변명했다. 주인아주머니가 김샘을 곁눈질했지만 별다른 말은 하지 않았다.

"여기 떡볶이 안 매운데. 샘, 매운 거 진짜 못 드시나 봐요."

은서는 김샘의 말을 있는 그대로 받아들였고, 그 말이 또 한 번 김샘을 자극했다. 김샘은 그만 고개를 숙이고 훌쩍였다. 참고 참았던 감정들이 전혀 엉뚱한 장소에서 생뚱맞게 터져 버렸다. 다들 나가고 남은 손님은 김샘과 은서밖에 없는 게 다행이었다. 내일 어떤 소문이 퍼질지 거기까지 따질 여력이 없어 김샘은 한동안 그렇게 눈물을 훔쳐 냈다.

걱정과 달리 김샘이 떡볶이를 먹다가 울었다는 소문은 돌지 않았다. 오히려 그날 이후 김샘은 은서랑 종종 대화를 나누는 사이가 되었다. 3반 수업에 들어갈 때마다 김샘은 은서를 보면 내심 반가웠다. 거기 은서가 앉아 있다는 것 자체가 안심이 되었다. 은서는 반짝이는 눈을 하고 김샘의 수업에 집중했다. 열심히 하는 아이들을 보면 김샘도 힘이 났기 때문에 3반에서의 수업은 대체로 수월했다. 수업이 끝나고 나면 은서는 김샘을 따라 나왔다. 수업에 관한 질문을 가끔 했고, 교무실까지 함께 걸으며 일상적인 이야기들도 재잘거렸다. 아침에 먹은 메뉴, 기말고사가 끝난 뒤 친구들과의 계획, 열 살이 넘은 반려견 얘기 같은 것들. 아이들 사이에 떠도는 소문도 들려주었다.

"분식집 이모 말인데요. 옛날에 학교 선생님이었대요. 그만둔 이유는 모르겠는데, 애들이랑 가깝게 지내고 싶어서 학교 앞에서 분식집 하는 거래요. 근데 엄청 부자라는 얘기가 있어요."

마지막 말을 할 때에 은서는 소리를 낮춰 속삭였다. 근거 없는 소문이었지만 김샘은 솔깃했다.

김샘이 컵밥과 무릎 나온 트레이닝복으로 삼 년을 버티던 시기에 고시촌에는 전설 같은 인물이 있었다. 각종 고시에 합격하고도 적성에 맞지 않는다며 그만두기를 여러 번, 작심하면 분야를 막론하고 단기간에 고시에 패스하는 사람이었다. 김샘은 그 전설의 인물을 딱 한 번 본 적이 있었다. 학원 강의실 뒤에서 멀찍이 보았을 뿐이지만 뒤통수에서도 포스가 느껴졌다. 과감한 결단력이 대단해 보이는 한편 이유가 궁금했다. 대체 무엇을 찾고 있는 걸까. 그 전설의 인물은 임용 고사도 단번에 합격해 어느 학교로 부임했더라는 소문이 돌았다. 그다음 해에 김샘도 합격해 그곳을 떠났기 때문에 더는 그의 소식을 들을 수 없었다.

은서의 얘기에 김샘은 그때의 기억이 되살아났다. 강의실에서 보았던 가물가물한 뒷모습에 주인아주머니가 오버랩되었다. 헤어스타일, 체격, 앉은키. 겹치는 부분이 없어 에이 설마, 하면서도 아이들 이름은 물론 학년과 반까지 아는 주인아주머니의 기억력과 관심이 예사로 보이지 않았다.

은서가 진지한 이야기를 털어놓은 건 분식집에서 세 번째 만났을 때였다. 미리 약속을 한 건 아니고 혹시나 해서 들렀더니 거기 은서가 있었다.

은서는 연기 학원에 다니고 싶은데 학원은 대개 서울에 있고, 집에서 경제적인 지원을 받기도 어렵다고 했다. 밝은 어조로 말했지만 입시를 앞두고 큰 고민일 터였다. 은서가 걱정거리를 나눌 만큼 둘 사이에 신뢰와 유대가 쌓였다는 사실이 김샘의 사명감을 깨웠다. 어떤 말이 은서에게 도움이 될까. 아니, 말보다 은서가 바로 할 수 있는 일이 뭐가 있을까. 막연히 열심히 하라는 조언은 하고 싶지 않았다. 구체적이고 실행 가능한 방향을 알려 주고 싶어 김샘은 연기과에 진학했던 과거 제자들을 떠올리며, 몇 가지 경우의 수를 나눠 계획을 짜 보자고 했다.

은서와 비슷한 상황의 아이들을 김샘은 여럿 보았다. 누구보다 김샘 자신이 그랬다. 아르바이트에 장학금까지 받아 가며 힘겹게 대학을 졸업했다. 시험 준비를 할 때도 그만큼 갈등이 있었다. 가족의 뒷바라지는 기대하기 어려웠고, 결과를 장담할 수 없는 임용 고사 대신 당장 생계를 꾸려 나갈 일을 찾아야 하나 고민이 깊었다. 하지만 교사라는 직업을 갖고 싶다는 일념으로 공부하는 시간을 견뎌 냈다. 그리고 마침내 원하는 일을 하고 대가를 받는 삶을 살게 되었다.

그런데 그걸로 다 된 걸까. 문득 꿈을 묻던 은서의 말이 떠올랐다.

"나는 어렸을 때 피아니스트가 되고 싶었어."

김샘이 수줍게 말을 꺼냈다.

"와! 샘, 피아노 쳐요?"

은서가 '와!' 할 때마다 김샘은 웃음이 나왔다. 앞에 놓인 음식 그릇은 비었는데 김샘은 은서와 얘기를 더 나누고 싶어 일어나지 않았다.

"지금은 아니고 아주 오래전에."

"취미로도 안 쳐요?"

은서의 물음에 김샘은 아쉬운 얼굴로 끄덕였다. 은서가 자기 취미는 영화나 드라마를 보면서 배우들 흉내를 내는 거라고 했다. 가끔 대본을 보고 대사와 표정 연습을 할 때도 있다고 말했다. 실제로 그 말을 하는 동안 은서는 순간에 여러 번 표정을 바꾸었다. 찡그리고 웃고 화난 얼굴. 김샘은 작게 소리 내서 웃었다. 좋아하는 일이 있고 그 일을 꿈꿀 수 있는 건 행운이라고 하자, 은서는 "저는 행운아네요!" 하며 쾌활하게 대꾸했다.

집으로 가는 길, 김샘은 곰곰이 생각에 잠겼다. 그러고 보니 김샘은 취미라는 게 없었다. 퇴근하고 오면 그날 있었던 일들을 곱씹으며 자책하다가 잠이 드는 악의 고리가 반복되었다. 좋아하는 예능 프로를 보면서 야식을 먹는 게 유일한 즐거움이었다. 임용고사 합격으로 인생의 모든 것을 이룬 사람처럼 더는 꿈이나 목표를 찾지 않았다. 최근 들어서는 그날그날 버티기도 벅찼다.

'이렇게 버거운 하루는 누구를 위한 걸까.'

터덜거리는 버스 안에서 초롱초롱한 어린 시절의 김샘이 다시 나타났다. 처음 해 보는 일 앞에서 호기심으로 가득 찼던 아이. 아이는 조용히 다가와 김샘에게 손을 내밀었고, 김샘은 머뭇거리며 아이를 바라보다가 마침내 그 손을 잡았다. 내내 외면했던 아이를 더는 뿌리치지 않았다.

양손을 가지런히 모아 김샘은 건반을 눌렀다. 오른손으로 시작한 건반 연습이 왼손을 거쳐 드디어 양손 연주로 들어갔다. 두 손을 쓰자 비로소 피아노를 친다는 실감이 났다. 잊은 줄 알았는데 어렸을 때 치던 감각이 남아 있었다. 김샘은 정석대로 배우기로 했다. 쉽게 배운 기술로는 금세 웬만한 곡은 연주하게 될지 몰라도, 어느 순간 벽에 부딪칠 게 분명했다. 기초부터 탄탄하게 익히면서 어떤 악보든 읽어 내고 치고 싶었기 때문에 서두르지 않기로 했다. 레슨을 받는 동안 김샘은 학생이 되어 선생님이 가르쳐 주는 대로 차근히 따라갔다. "잘하시네요." 선생님의 칭찬을 들으면 기분이 좋아졌다. 이런 느낌이구나, 칭찬을 듣는다는 건. 새삼스러웠다.

학원에는 성인 수강생뿐 아니라 어린아이들도 많았는데, 어떤 아이들은 꽤 어려운 곡을 능숙하게 쳤다. 그 속에서 김샘은 꿋꿋하게 순서대로 배워 나갔다.

한창 혼자 연습을 하는데 등 뒤가 이상해서 돌아보니, 여자아이 하나가 유리문 너머에서 연습실 안을 지켜보고 있었다. 김샘은 피아노 의자에 앉은 채 손을 뻗어 문을 열었다. 예닐곱 살 정도 된 여자아이였다. 아이는 자기도 연습실을 쓰려고 하는데 얼마나 걸리는지 물었고, 김샘은 숙제를 마치려면 아직 네 번은 더 쳐야 한다고 했다. 여자아이가 뒤에서 기다려도 되냐고 물어 김샘은 그러라고 허락했다.

"근데요, 어른도 이런 거 쳐요?"

곡을 마저 쳤을 때 아이가 물었다. 어른이 왜 이렇게 쉬운 걸 치냐고, 자기는 아주 어렸을 때 친 곡이라고. "예전에 쳤는데 까먹었거든." 김샘이 말하자 아이는 "왜요?" 하며 눈을 휘둥그레 떴다. 정말 궁금한 얼굴이었다.

"학원은 잠깐 다니다 말았고, 집에 피아노도 없었어."

"난 집에 피아노 있는데."

"와! 좋겠다."

김샘은 은서를 흉내 내어 '와!' 했다.

김샘이 피아노를 쳤던 건 열 살 때였다. 읍내 새로 생긴 건물에 제법 큰 피아노 학원이 들어왔다. 학원이 별로 없던 동네라 유행처럼 아이들이 피아노를 배우러 갔고, 김샘과 여동생은 다른 아이들보다 조금 늦게 등록했다. 김샘은 먼저 시작한 애들에 비해 진도가 빨랐다. 바이엘을 단숨에 치고 체르니로 넘어갔다. 그때 김샘은 피아니스트가 되겠다는 꿈을 꿨었다. 하루 종일 피아노만 치고 싶을 정도로 피아노가 좋았다. 집에 오면 종이에 그린 건반을 눌렀다. 학원에서 경연 대회를 연다고 해서 곡을 정하고 매일 연습도 했다. 하지만 김샘은 얼마 못 가 학원을 그만둘 수밖에 없었다. 아버지가 경운기 사고로 크게 다치는 바람에 학교가 끝나면 곧장 집으로 가 유치원에서 돌아오는 막냇동생을 돌봐야 했다.

김샘은 피아노를 가진 아이들이 부러웠다. 그건 어떤 상징 같았다. 무언가를 누리고 있다는 상징, 무엇이든 꿈꿀 수 있다는 상징.

"어려워요? 가르쳐 줄까요?"

잠깐의 침묵을 깨고 아이가 물었다.

"그럴래?"

김샘은 선뜻 옆자리를 내주었다. "손가락을 이렇게 모으고요."

건반 위에서 아이는 작은 손을 동그랗게 오므렸다. 김샘은 아이가 시키는 대로 따라 했다.

"이건 온음표잖아요? 시계가 똑딱똑딱 가듯이 속으로 숫자를 세요. 하나, 둘, 셋, 넷."

아이가 낮은 음의 '도'를 눌렀고 김샘은 높은 음의 '도'를 똑같이 눌렀다. 그리고 속으로 숫자를 셌다. 하나, 둘, 셋, 넷. 느리게 흐르는 시간 안에서도 음은 끊이지 않고 이어졌다. 아이는 진심으로 김샘을 가르쳤고, 마지막에는 두 손으로 쳐 보라고 일렀다. 김샘은 방금 배운 대로 왼손 오른손을 같이 움직였다.

김샘이 연습곡을 마치자 아이가 엄지를 치켜세웠다. 김샘도 웃어 보였다.

"아까보다 훨씬 좋아요. 이제 할 수 있겠죠?"

"해 볼게. 고맙다."

김샘의 인사에 아이는 우쭐해진 표정을 지었다.

남은 숙제를 하면서 김샘은 천천히 숫자를 셌다. 똑딱똑딱. 그러는 사이 새로운 생각이 고개를 들었다. 지금 가장 중요한 것. 흐트러진 것을 바로잡으면서 가만히 숫자를 세는 일.

'온음표가 필요해.'

김샘은 결심했다. 이번 학기가 끝나는 대로 휴직을 하기로.

김샘 안에 있는 어두운 그늘은 다른 생각에 밀려 영역이 한결 줄어든 듯했다. 피아노를 배우러 다니고 적당한 피아노를 검색하는 데 김샘은 관심을 쏟았다. 좁은 원룸에 들여놓기에는 부담되지만 조만간 전자 피아노를 구입하기로 했다. 김샘이 스스로를 위해서 뭔가를 하는 건 정말 오랜만이었다.

휴직 기간을 어떻게 보낼까 떠올리다 보니 무거운 잡념들도 가벼워졌다. 휴직계를 내는 일이 남아 있기는 했다. 결혼이나 출산을 하려는 것도 아니고 유학이나 대학원 진학 등의 공부를 이어 갈 계획도 없었지만, 김샘은 마침 십 년 차에 접어들었다. 자율 연수 휴직의 기회는 반드시 이번이어야 한다는 간절함이 들 정도로 김샘의 의지는 굳건했다. 이건 단순히 일을 쉬는 것이 아니었다. 아이들을 위한, 그리고 김샘이 이 직업을 유지해 나가기 위한 최후의 처방이었다. 냉철하게 따져 보니 김샘은 학교를 그만두고 싶지 않았다. 어린 시절부터의 꿈은 아니더라도 성인이 된 후에 가진 유일하고 절실한 바람이었다. 이대로 그만두면 첫 부임지에서의 경험처럼 후회와 아쉬움이 두고두고 남을 게 틀림없었다. 생각이 선명해지자 앞으로의 계획들을 그려 보는 것만으로도 충전이 되는 듯했다.

잃어버린 걸 찾아야지. 김샘은 다짐했다. 피아노를 치면서 도돌이표처럼 지난 시간을 되돌아보았고, 잃은 것과 잊은 것이 너무 많다는 걸 알게 되었다. 가지고 있었지만 어느새 사라진 것, 외면한 것, 그것들을 되찾아 제자리에 놓을 셈이었다. 그러다 보면 분명해질 것이다. 무엇을 품어야 하고 무엇을 버려야 할지. 어떤 때 참아야 하고 어떤 때 맞서야 하는지.

"샘, 오늘 기분 좋아 보이네요. 소개팅해요?"

송유찬의 말에 아이들이 소리 내어 웃었다. 역시나 아이들은 김샘의 상태를 금세 읽었다.

"그 정도로 기분이 좋을 리가 있겠니?"

"그럼 뭐예요?"

나중에 알려 주겠다며 수업을 시작하자, 송유찬은 별로 안 궁금하다면서 엎드렸다. 나는 퇴근하고 피아노를 치러 갈 거거든. 곧 피아노를 가진 사람이 될 거야. 이제 하고 싶은 일을 실컷 할 수 있어. 김샘은 속으로 말했다. 좋아하는 일이 생겼다는 사실만으로도 김샘은 특별한 걸 이루어 낸 듯했다. 은서에게도 이 설렘을 말해 주고 싶었다. 어쩌면 은서는 벌써 알고 있을 터였다. 그래서 틈나는 대로 대사를 읊고 표정 연습을 하는 거겠지.

"구슬 샘, 은서 말인데요."

"어머! 김샘이 저한테 먼저 말 거는 거 처음이에요."

교무실에서 은근히 말을 붙였는데, 임구슬 선생님이 화들짝 놀라는 바람에 주변 선생님들의 눈길이 김샘에게 향했다. 김샘은 멋

쩍게 웃으며 임구슬 선생님에게 은서에 대해 물었다. 은서는 임구
슬 선생님 반이었다. 김샘의 질문은 하나였는데 임구슬 선생님은
은서에 대해 많은 걸 얘기해 주었다. 은서는 공부를 잘하는 편은
아니지만, 김샘이 본 대로 밝고 건강한 아이였다. 가정 형편은 좋
지 않아도 야무지고 포부가 있어 뭐라도 해내고 말 거라며 임구
슬 선생님도 칭찬했다. 그러면서도 임구슬 선생님은 은서가 김샘
한테 자기 얘기를 했다는 것 자체를 의아하게 여기는 표정이었다.
그러거나 말거나 김샘은 흐뭇한 미소를 지었다.

　퇴근하는 김샘의 발걸음은 평소보다 가뿐했다. 다른 선생님들
이 모여서 맛집 검색을 하는 사이, 김샘은 인사를 하고 서둘러
교무실을 나왔다. 집에 가서 휴직 동안 할 일을 구체적으로 설계
해 볼 예정이었다. 은서의 소식도 궁금했다. 분식집에서 만난 지
가 한참 되었으니 가는 길에 들러 볼까. 오늘쯤 은서가 와 있지
않을까. 김샘은 잰걸음을 옮겼다.

　"무슨 상관인데요?"

　1층으로 내려와 현관을 빠져나오는데 익숙한 목소리가 들렸다.
돌아보자 건물 끄트머리에 송유찬과 아이들 여럿이 모여 있었다.
경험상 좋은 느낌은 아니었기 때문에 김샘은 아이들이 모인 쪽으
로 다가갔다.

　"아, 진짜. 샘은 가던 길이나 가라고요!"

송유찬이 신경질적으로 소리를 질렀다. 아이들 사이에 누군가 있어 자세히 보니 박인범 선생님이었다. 박인범 선생님도 언성을 높였다.

"선생님한테 무슨 말버릇이야? 친구들끼리 뭐 하는 거고?"

박인범 선생님을 가운데 두고 송유찬 맞은편에 선 아이 역시 분을 삭이지 못한 얼굴로 거친 숨을 내쉬고 있었다. 1반 문태양. 김샘도 잘 아는 아이였다. 송유찬과 비슷한 듯 다른 면이 있는 아이로 둘이 어울려 다니는 걸 여러 번 봤었다. 김샘은 대충 상황을 알아챘다.

"뒷말하고 다니는 자식이 무슨 친구예요?"

송유찬은 박인범 선생님 앞으로 성큼 다가섰다. 키가 큰 송유찬이 눈을 깔고 박인범 선생님을 내려다보았다. 바지 주머니에 양손을 찔러 넣은 채. 송유찬의 자리가 아슬아슬했다. 금방이라도 선을 넘을 것 같은 느낌. 김샘은 뛰다시피 튀어 나갔다.

"기간제 주……."

"송유찬!"

김샘이 버럭 소리쳤고, 모여 있던 아이들의 시선이 일제히 김샘에게 쏠렸다. 김샘을 발견한 송유찬이 얼굴을 구기며 한 걸음 물러섰다. 하교하던 아이들까지 점점 모여들었다. 휴대폰을 꺼내 촬영하는 애들도 있었다.

김샘은 재빠르게 다가가 송유찬 앞에 섰는데, 그때까지 송유찬을 향한 문태양의 기세도 꺾이지 않았다. 우선 이 상황을 무마해야 했다. 김샘은 휴대폰을 꺼내 1반 담임에게 전화를 걸었다. 다행히 최지훈 선생님은 즉각 전화를 받았다.

"샘 여기 1층 현관…… 아니, 샘 반에 문태양 좀 교무실로 올려 보낼게요. 네? 여보세요?"

전화가 뚝 끊겨 김샘이 어리둥절해하는데 머리 위에서 "문태양!" 하는 소리가 들렸다. 최지훈 선생님이 3층 복도의 창문으로 얼굴을 내밀었다. 평소에는 서글서글하다가도 생활지도를 할 때는 엄격해지는 사람이었다. 최지훈 선생님이 손가락을 까딱여 문태양을 불렀다. 문태양은 내키지 않는 얼굴을 하고서 끝까지 송유찬을 쏘아보며 현관으로 들어갔다.

김샘의 눈길이 다시 송유찬에게 향했다. 박인범 선생님에게 사과하라고 시키고 싶었지만 김샘은 그러지 않았다. 그런 말이 당장 송유찬에게 먹힐 리가 없었다.

"선생님 죄송해요. 제가 대신 사과드릴게요."

"김 선생이 왜……."

김샘은 박인범 선생님에게 정중하게 사과한 후에, 최대한 매서운 표정으로 송유찬을 노려보았다.

"너 따라와."

김샘은 순식간에 송유찬의 가방을 낚아채서 품에 끌어안았다. 송유찬이 순순히 김샘을 따라오지 않을 게 분명했으므로.

"뭐 하는 거예요? 가방은 왜 가져가요?"

송유찬은 성질을 부리며 뒤를 따라왔다. 김샘은 들은 척도 하지 않고 빠른 걸음으로 운동장을 가로질러 교문을 나섰다.

"왜 이러는 건데요, 진짜?"

송유찬이 짜증을 냈지만 말투가 조금 전과는 달랐다. 일대일. 주변에 아이들 시선이 사라지자 기가 꺾인 거였다. 목소리만 들어도 김샘은 알 수 있었다. 학교에서 보낸 십 년이 그냥 채워진 건 아니었다. 기다려. 이제 곧 이 대 일, 어쩌면 삼 대 일이 될 테니까. 목적지가 가까워질수록 김샘은 힘이 났다.

"말을 안 듣고 자꾸 개기는 애들은 어떻게 해야 할까요?"

분식집에서 김샘은 주인아주머니에게 물은 적이 있었다. 떠도는 소문의 진위가 어찌 되었든, 아이들과 늘 가까이 있는 사람으로서 나름의 조언을 해 주지 않을까 기대했다. 주인아주머니는 떡볶이를 휘저으며 김샘에게는 눈길도 주지 않았다. 가까이서 보니 생각보다 젊어 보였다. 아이들은 이모라고 불렀지만 김샘은 언니라고 부르고 싶어졌다. 고시촌에서 보았던 전설의 인물이 빠르게 스쳐 갔다. 그분은 어디서 무슨 일을 하고 있을까.

"골고루 먹는 애들이 건강하거든요."

주인아주머니 아니, 주인 언니는 무심히 대꾸했다. 뜬금없는 대답이라고 생각하면서도 김샘은 분식집을 나서며 골고루, 라는 말을 곱씹었다.

"어디 가냐고요!"

송유찬이 급기야 김샘의 팔을 잡아 세웠다. 마침 분식집 앞이었다.

"저기 가 봤니?"

김샘이 묻자 송유찬은 분식집을 슬쩍 보았다.

"저 분식 싫어해요."

"어쩐지."

김샘은 쯧쯧 혀를 차고 앞장섰다. 그러고는 분식집 문을 힘껏 밀었다. 분식집 안은 아이들로 꽉 차서 시끌벅적했다. 은서가 있으려나 싶어 빠르게 가게 안을 휘둘러보았다. 끄트머리 자리에서 "샘!" 하며 양손을 흔드는 아이가 단번에 눈에 들어왔다.

은서를 보자 김샘은 용기가 생겼다. 그리고 또 한 가지 결심이 섰다. 멋진 재충전을 위해 이번 학기에 꼭 할 일이 있었다. 김샘은 그 일을 아름답게 마무리하고 당당하게 휴직에 들어가기로 마음먹었다.

어떤 이유

"황연우! 가방 챙겨서 얼른 나와."

교실 문을 열고 담임이 말했다. 약간 얼떨떨해하면서 연우는 가방에 책을 대충 넣었다. 옆자리 아이가 무슨 일인지 물었지만 연우라고 알 턱이 없었다. 나른한 오후였고 한창 수학 수업 중이었다. 갑작스러운 상황에 졸던 아이들까지 잠을 깨 연우를 지켜보았다.

가방을 메고 복도로 나오자, 담임의 얘기를 듣고 있던 수학 선생님이 짠한 눈길로 연우의 어깨를 토닥거렸다. 담임은 수학 선생님과 가벼운 눈인사를 나눈 뒤 앞장섰고, 연우는 그 뒤를 따라갔다.

"수연 병원 알지? 거기로 빨리 가 봐."

복도 끝에 이르러서야 담임이 입을 열었다. 연우는 이유를 알려 달라는 표정으로 담임의 얼굴을 응시했다. 병원이라는 장소에서 이미 예사롭지 않은 일임을 감지했다.

"진우가 다친 모양이야. 당장 수술 들어가야 되는데 보호자 연락이 안 된다고."

"형이요? 왜요?"

연우가 연달아 물었지만 담임은 고개를 저었다. 모른다는 뜻인지 알면서도 말을 아끼는 건지 알 수 없었다. 연우는 이것저것 따질 겨를 없이 반사적으로 몸을 움직였다. 택시를 타고 가라며 담임이 돈을 쥐여 줬는데, 제대로 인사도 하지 못하고 한달음에 계단을 뛰어 내려왔다.

운동장을 달리는 동안 여러 생각이 한꺼번에 연우의 머릿속을 채웠다. 병원이라는 말을 들은 직후에는 아버지와 관계된 일인 줄 알았다. 그런데 형 이름이 나와서 연우는 당황했다. 아버지가 아니라서, 형이라서.

"별일 아닐 거야."

연우는 기도하듯 중얼거렸다. 형한테 나쁜 일이 일어날 수는 없다. 다른 사람도 아닌 형한테. 수술이라고 해서 전부 위험한 건 아니다. 연우의 반에도 맹장 수술을 받은 친구가 있었다. 급하게 병원에 갔지만 금방 퇴원해 평소처럼 돌아왔다. 아마도 그런 일이겠지. 연우는 애써 정신을 가다듬으며 택시에 몸을 실었다.

중환자실에 들어가기 위해 복장을 갖추면서 연우는 눈물을 참으려고 입술을 깨물었다. 지금 울면 현실을 인정하는 거였다. 형의 위험한 상태뿐 아니라 안 좋은 예후의 가능성까지. 연우는 절대 울지 않겠다고 마음을 다잡았다. 그럼에도 막상 형 앞에 섰을 때는 감당하기 힘든 슬픔이 새어 나왔다. 눈물을 흘리지 않고 우는 건 처음이었다.

누워 있는 사람이 형이라는 사실을 연우는 도저히 믿을 수 없었다. 인공호흡기 밖으로 보이는 퉁퉁 부은 눈두덩과 상처 난 얼굴은 전혀 다른 사람 같았다. 정말 형 맞아? 내 앞에 누워 있는 사람이 진짜 형이야? 속으로 외치는 말들이 점점 절규로 변했다.

수술이 진행되던 동안에도 연우는 대기실에서 한 번도 자리를 뜨지 않았었다. 황진우라는 이름 옆에 떠 있는 '수술 중'이라는 글자를 보며 하나만 빌었다. 수술이 끝나고 나오는 형이 부디 가벼운 얼굴이기를. '수술 처음 해 봤네. 아프기는 한데 별거 아냐.' 걱정을 덜어 주려고 농담을 건네는 형과 마주하기를.

수술이 길어질수록 불안은 짙어졌다. 형의 담임이 아버지에게 계속 전화를 했으나 연락이 되지 않았다.

"어휴, 아버님은 대체 어디 계시니? 메시지도 안 보시나."

말투에 짜증이 묻어 있어 연우는 형의 담임이 단번에 싫어졌다. 그런 마음이 들 때가 아니잖아요, 말하고 싶었지만 아무 말도 하고 싶지 않기도 해서 연우는 입을 꾹 다물었다.

아버지는 한참 뒤에야 나타나서 병원이 울리도록 고성부터 질러 댔다.

"누구야? 내 아들 다치게 한 게?"

형의 담임은 아버지를 진정시키며 자초지종을 설명하다가 연신 한숨을 내쉬었다. 아버지는 담임이 하는 말을 제대로 듣지 않았다. 아버지가 어디에 관심을 두는지 연우는 알았다. 형한테 무슨 일이 있었고 얼마나 다쳐 현재 어떤 상태인지보다, 가해자 부모의 경제적 능력이 어느 정도이고 얼마의 합의금을 줄 것인지가 아버지에게는 중요했다. 형은 수술 중인데.

"우리 아들 다치게 한 값, 우리 아들 목숨값! 내가 절대 그냥 안 넘어가!"

"아버님, 목숨값이라뇨."

형의 담임은 어이없어했다. 적절한 보상만 따라온다면 형이 잘못되어도 상관없다는 걸까. 연우는 망연한 표정으로 아버지를 보았다. 저 사람이 내 아버지구나. 우리 아버지는 저런 사람이구나. 알고 있었지만 비참했다. 아버지를 볼수록 형에 대한 간절함은 더 커졌다. 어서 수술이 끝나서 웃는 얼굴로 만나자, 형. 고개를 숙이자 앞코가 까진 운동화가 뿌옇게 보였다.

오늘 아침에도 연우는 형이랑 같이 집을 나섰다. 소소한 얘기를 드문드문 나누며 학교까지 나란히 걸었다. 교문 앞에 이르러 연우가 먼저 학교로 뛰어 들어갔다. 돌아보지 않아도 형의 시선이 따라오는 게 느껴졌다.

연우는 형의 고등학교와 붙어 있는 같은 이름의 중학교에 다녔다. 형은 연우의 선배이기도 해서 둘이 형제라는 건 중학교 선생님들도 거의 알고 있었다. 선생님들이 형만큼만 해라, 할 정도로 형은 모범생이면서 우등생이었다. "황진우라고 졸업생인데, 저희 형이거든요." 이 말을 할 때 연우는 자랑스러웠다. 형이 졸업하고 고등학교에 진학한 뒤에도 연우는 형의 그림자 안에 머물렀다. 그림자 밖으로 나가고 싶지 않았다. 그 안은 연우가 아는 곳 중 가장 따뜻했다.

연우는 이해할 수가 없었다. 그런 형을 대체 누가, 왜 이렇게 만들었을까. 형은 같은 반 아이에게 폭행을 당했다. 그 과정에서 계단 아래로 떨어졌다고는 하나, 형의 상태로 봤을 때 이건 단순한 폭행이 아니었다. 악의를 품고 작정한 채 달려들지 않는 이상 사람이 이 지경까지 될 리가 없었다. 외관으로 보이는 타박상 외에도 형은 갈비뼈와 다리가 골절됐다. 뇌출혈이 있었고 수술이 끝난 뒤에도 의식이 돌아오지 않고 있다.

"형……."

처음에는 작게, 나중에는 좀 더 큰 소리로 연우는 형을 불렀다.

그 소리를 듣고 형이 깨어나기를 바라면서. 연우가 할 수 있는 건 그것밖에 없었다. 모든 건 형이 해내야 했다. 손가락을 움직이는 것도, 눈을 뜨는 것도, 앞에 있는 동생을 알아보는 것도. 전부 형의 몫이었는데 형은 미동조차 없었다.

가해자가 누구인지 몰라도 연우는 절대 용서하지 않기로 했다. 누구라도 형한테 이래서는 안 되었다. 그 이유가 무엇이든.

"내가…… 가만 안 둬."

연우의 온몸이 덜덜 떨렸다.

형의 휴대폰에 저장된 친구들 목록을 확인하면서 연우는 한 명씩 연락을 시도했다. 전화를 걸어 사정을 이야기했고, 통화가 연결되지 않으면 메시지를 남겼다. 대부분 말하기를 꺼려 해서 형의 일을 좀처럼 알아낼 수 없었다. 연우가 알고 있는 건 가해자 이름과 몇 가지 정황 정도였다.

"김규빈에 대해 알려 줄 수 있어?"

휴대폰을 잡은 연우의 손에 힘이 들어갔다. 연우는 맨 먼저 통화했던 은기 형에게 다시 전화를 걸었다. 형이랑 중학교 때부터 친했고, 연우와도 잘 알기 때문에 은기 형은 적어도 연우의 전화를 피하지는 않았다.

"저번에도 말했지만 학교에서 쓸데없는 얘기 하고 다니지 말라고……."

"형!"

외치는 한마디에 연우의 온갖 감정이 실렸다. 은기 형도 난처해하고 있다는 게 느껴졌지만 연우는 이대로 물러설 수 없었다.

십 대 남학생이 동급생을 때려 중태에 빠뜨렸다는 기사가 온라인 뉴스에 올라왔다. 기사에는 언급되지 않았어도 암암리에 학교 이름이 오르내리고 있어 학생들에게 입단속을 시킨 모양이었다. 기사에 나온 A군, B군 중에 진우 형은 B군이었고 A군은 같은 반 김규빈이라는 걸 알아냈다. 낯선 이름인 걸 보면 형이랑 친한 사이는 아닌 듯했다. 기사에서도 폭행 동기에 대해서는 조사 중이라는 짤막한 내용뿐이었다. 사건과 관련해 학교와 경찰서에서 아버지에게 연락이 오는 것 같았지만, 아버지는 연우에게 그런 걸 말해 줄 사람이 아니었다.

"넌 공부나 해. 형 일은 내가 알아서 할 테니까."

언제부터 아버지가 형 일에 신경을 썼다고. 아버지가 형을 우리 아들, 이라고 부르는 걸 연우는 병원에서 처음 들었다. 돈으로 합의를 하는 것 외에 아버지가 관심 있는 건 없었다. 형 일이 이대로 덮일까 봐 연우는 조바심이 났다. 형의 친구들에게 사정하며 그날의 일을 알아내려고 했다.

"형한테 들었다는 건 비밀로 할게. 부탁이야."

연우는 은기 형에게 매달렸다.

갑작스레 벌어진 일이라고 했다. 과학실에서 수업이 끝나고 교실로 향하던 중, 형은 김규빈의 공격에 방어할 틈조차 없었다. 계단에서 막무가내로 얻어터지다가 난간 뒤로 넘어가 추락한 거라고 말하며, 은기 형은 누가 나서서 말릴 수 있는 상황도 아니었다고 덧붙였다.

"혹시 우리 형……."

입을 여는데 연우는 목이 메었다. 다음 말을 이어 가기가 쉽지 않았다.

"반에서 괴롭힘당했어?"

겨우 물었지만, 형이 그런 일을 겪고 있었다는 건 상상만으로도 고통스러웠다.

"야, 아니야."

은기 형이 단박에 부인했으나 연우는 그 말을 전적으로 믿지 않았다. 연우도 초등학교 때 경험한 적 있었다. 그 뒤로는 평범하지 않은 가정 형편이 버르집히는 게 싫었다. 결국 형도 피해 갈 수 없었던 걸까.

"김규빈은 누굴 괴롭힐 배짱도 없는 자식이야. 그 반대라면 몰라도."

연우의 심정이 느껴졌는지 은기 형이 어쩔 수 없다는 어조로

마저 털어놓았다.

　김규빈은 교실에서 대체로 조용한 편이었다. 연우의 전화를 받은 형의 다른 친구들 중에서도 비슷한 얘기를 한 경우가 있었다. 뒷자리에 앉은 김규빈을 누군가 툭툭 건드리기 시작한 다음부터 반 애들이 장난삼아 귀찮게 하는 일이 더러 있었다고 했다.

　"그래도 그냥저냥 넘어가고 그랬단 말이야. 내 기억에는 김규빈도 싫은 걸 적극적으로 표현한 적 없었던 것 같고."

　은기 형의 말이 잠시 끊어졌다. 뭔가 망설이는 얘기가 있는 듯했다.

　"사실 우리 반에서 김규빈한테 자유로울 수 있는 애들은 몇 안 되거든. 근데 하필……."

　얌전했던 애의 느닷없는 행동에 반에서도 다들 놀라는 분위기라고 했다. 참았던 게 폭발한 건지는 몰라도 어쩌면 그 대상이 자기들이었을 수도 있다고 생각하는 것이다. 은기 형 말대로라면 더 이상했다. 왜 공격 대상이 형이었을까. 남들이 다 잘못된 일을 했다 하더라도 형은 그럴 리가 없는데.

　연우가 김규빈의 사진을 부탁하자, 은기 형은 단체 사진에서 김규빈의 얼굴을 표시해 보내 주었다. 사진 속에서 형은 김규빈과 가까운 위치에 서 있었다. 환한 형의 얼굴에 연우의 가슴이 무너져 내렸다. 사진에서는 누가 누구를 미워하고 괴롭히는 기색

따위는 전혀 드러나지 않았다. 형도, 김규빈도, 다른 아이들에게 서도. 오히려 들뜨고 활기찬 분위기가 느껴졌다.

연우는 김규빈의 얼굴을 확대했다. 특징이랄 게 없는 외모였는데도 어딘가 낯이 익었다. 동네에서 스쳤을 수도 있겠다는 추측을 하고 있을 때, 은기 형이 결정적인 얘기를 했다.

"할머니랑 살아. 할머니는 시장에서 장사하고."

그 말에 연우는 기억을 떠올렸다. 시장에서 반찬거리를 사 오던 길이었을 것이다. 형과 같은 교복을 입은 학생이 노점에서 채소를 파는 할머니를 돕고 있었다. 다리가 불편해 한 번에 일어서지 못하는 할머니를 부축해 주고 남은 채소를 정리했다.

"너는 그런 거 손에 묻히지 마라."

"괜찮아요."

할머니가 거듭 손을 내저으며 말리는데도 하는 일을 멈추지 않던 얼굴을 연우가 선명하게 떠올린 건, 그때 뜬금없는 생각이 들었기 때문이다. 그들에게는 넉넉하지 않아도 행복이라는 게 스며 있었다. 나이 들고 쇠약해도 기댈 수 있는 어른이 있다는 사실이 연우는 부러웠다.

그 사람이 정말 김규빈일까. 할머니를 살뜰하게 챙기는 사람이 그런 끔찍한 일을 저지를 수 있을까. 선한 얼굴 뒤에 악한 면이 감춰져 있다는 걸 믿을 수가 없었다.

"강민은 멀쩡히 다니는데……."

연우가 딴생각에 빠져 있는 사이, 전화기 너머에서 은기 형이 중얼거렸다.

"같은 반 강민? 그 형이 왜?"

"걔를 알아?"

은기 형은 다소 당황한 목소리로 되물었다.

연우는 강민을 딱 한 번 본 적이 있었다. 학교 근방에서 형을 만났던 날, 마침 지나가던 강민이 알은체를 했다. 형이 연우를 동생이라고 소개하자 강민은 반가운 얼굴로 그렇구나, 하며 다음에 또 보자는 말을 남겼다. 헤어지고 난 뒤에 연우가 친해? 하고 물었을 때 형은 별로, 라고 대답했었다.

"강민이 김규빈을 싫어했어. 티가 날 정도로. 그렇다고 강민이 안 좋은 일에 직접 나서는 애는 아니야. 아버지가 변호사라 그런지 흠 잡힐 일은 안 하거든."

거기까지 말하더니 은기 형은 학원 시간이 다 됐다며 전화를 끊으려고 했다.

"형, 나 좀 아니, 우리 형 좀 도와줘."

"미안하다. 나도 진우랑 안 다닌 지 한참 돼서 잘 몰라."

전화는 그대로 끊겼다. 휴대폰을 잡고 있는 연우의 손이 허탈하게 떨어졌다. 괜한 말을 꺼냈다가 같이 엮이게 될까 봐 그럴까,

다들 말을 아꼈다. 은기 형이 그 정도 얘기를 해 준 것만도 고마워해야 할 일이었다.

그동안 들었던 얘기들을 정리하면, 반 아이들 상당수가 김규빈과 연관되어 있었다. 다수가 한 명을 우습게 만드는 건 어렵지 않은 일이었다. 자세히 말하지는 않았지만 특히 강민과 김규빈 사이가 심상치 않았다. 강민이 직접 나서지 않았는데도 주변 아이들은 강민이 김규빈을 싫어하는 사실을 알았다. 그런데 김규빈의 화살은 형에게 향했다. 강자인 강민에게는 맞서지 못하고 애꿎은 형에게 분풀이를 한 걸까. 아니면 김규빈과 형 사이에 오해가 있었을까. 다른 사람의 잘못을 형이 덤터기 쓴 것은 아닐까. 지금의 상황은 형에게 불리했다. 다들 이 일에서 뒤로 빠지려는 눈치고, 형은 의식이 없어 자기 자신에 대한 변명도, 해명도 할 수가 없다. 남들의 주장이 진실이 될 가능성이 컸다. 그러면 안 되는데…….

형은 여린 사람이다. 하지만 한편으로는 강하다. 형이 강해질 때는 불의를 참지 못할 때였다. 숨는 게 최선이었던 어린 시절의 모습은 이제 형에게 없었다.

아버지를 피해 맨발로 도망치던 어느 여름밤. 발에 닿던 뜨거운 아스팔트의 기운이 연우는 아직도 생생했다. 상점 불도 전부 꺼지고 인적도 드물었던 시간. 형을 따라 뛰면서 연우는 이 순간이 사진처럼 남아 절대 잊히지 않으리라는 걸 알았다. 낡은 티셔츠와 반바지를 입고 달리는 형의 뒷모습은 아버지에게 맞을 때 느꼈던 고통보다 더 크게 다가왔다. 왜 우리는 이렇게 달리고 있을까, 왜 우리는 내쫓기는 시간을 보내야 할까. 한여름의 온도만큼이나 뜨겁게 새겨진 상처가 쉽게 아물지 않으리라는 것도 연우는 알았다.

한참을 달리다가 형제는 후미진 골목에서 멈추었다. 어느 집 담벼락 아래에서 연우는 힘없이 주저앉았다. 형도 양손으로 무릎을 짚고 가쁜 숨을 몰아쉬었다. 발바닥에 통증이 느껴져 보았더니 가운데에서 빨갛게 피가 새어 나오고 있었다. 신음이 나올 정도로 통증이 밀려왔다. 형이 연우의 앞으로 다가와 앉았다. 형은 연우의 발바닥에 묻은 먼지를 손으로 떨어내고 티셔츠 앞자락으로 피를 닦았다. 형을 지켜보면서 연우는 아픔을 삼켰다. 땀이 사정없이 쏟아졌다. 조금 울었는데 땀처럼 보일 것 같아서 다행이라고 생각했다.

그 시간을 함께 지나온 형이었다. 그런 시간을 보내고도 꿋꿋하게 일어난 형이었다. 메모 한 장 달랑 남기고 엄마가 사라졌던 날에도 형은 연우의 밥을 챙겼다. 형제는 아무 말 없이 엄마가 마지막으로 해 두고 간 밥과 반찬을 먹었다. 모든 걸 예감하기라도 한 듯이 형은 덤덤했다. 연우도 그런 척하려고 했지만 잘되지 않았다.

"엄마는 언제쯤 올까?"

연우의 물음에 형은 대답하지 않았다. 엄마가 형제를 데리러 온다면, 그래서 아버지를 벗어날 수 있다면. 연우는 막연한 그날을 기다렸다. 그때도 지금도 형은 기대하지 않겠지만, 아직도 연우가 엄마를 그리워한다는 걸 알지 못할 테지만.

연우는 형이 없는 집으로 들어가고 싶지 않았다. 학교 수업이 끝나면 병원으로 가서 여전히 같은 모습으로 누워 있는 형을 만났고, 할 수 있는 한 오래 중환자실 근처에 머물렀다. 간절하게 바라는 그 감정이 무뎌질까 두려워 연우는 형의 곁을 떠날 수가 없었다.

"아가. 아가!"

잠결에 들리는 소리에 연우는 눈을 떴다. 형을 보고 나와서 대기 의자에 있다가 깜빡 잠이 든 모양이었다. 연우는 눈을 비비며 몸을 일으켰다. 연우를 깨운 할머니가 옆에 나란히 앉았다. 애처롭게 바라보는 그 눈길에서 연우는 할머니가 누구인지 금방 알아차렸다.

"너 맞지? 저기 누워 있는 애기 동생."

할머니가 손가락으로 중환자실을 가리켰다. 갑자기 연우는 가슴이 아려 왔다. 형은 아기가 아니지만 어쩐지 아기가 된 것 같았다. 자신이 그 아기의 동생이 맞는다는 사실도 서글펐다. 할머니가 쓰는 말들이 전부 연우를 약하게 만들었다.

할머니의 거친 손이 연우의 손을 덮었다.

"미안하다. 너무 미안해. 내가 백 번 만 번 사과하마."

연우는 슬그머니 손을 뺐다. 사과로 끝날 일이라면 얼마든지 그 사과를 받아 주겠지만, 미안하다는 말로 형을 깨어나게 할 수는 없었다.

다행히 할머니는 김규빈의 용서를 빌지는 않았다. 죗값을 낮춰 달라는 부탁도 하지 않았다. 연우가 듣든 말든 할머니는 연신 미안하다는 말만 되풀이했다. 병원비는 걱정 말라고, 어떻게든 보상하겠다고 말했다. 아마도 할머니는 아버지에게도 같은 말을 했을 게 틀림없었다. 빌고 또 빌었을 것이고, 아버지는 병원비 이상의 합의금을 요구했을 것이다.

연우는 화가 치밀었다. 머리를 조아리는 할머니를 보자 분노는 한층 커졌다. 화만 나면 괜찮은데 왠지 눈물이 나려고 했다. 분노와는 결이 다른 감정이 일어났다.

"그렇게 부르지 마세요."

연우와 형을 아기라고 부르는 게 거슬렸다. 김규빈도 그렇게 부르겠지. 우리 아가, 라고. 차가운 연우의 말에 할머니는 알았다고,

미안하다고 또 사과했다.

"내가 시장에서 채소를 팔아."

할머니가 훌쩍이며 코밑을 훔치더니 얘기를 꺼냈다. 그 할머니가 맞구나. 그때 본 사람이 김규빈이었어. 길가에 앉아 있던 할머니와 그 앞에 놓인 채소 바구니들이 하나의 이미지가 되어 연우의 눈앞에 나타났다.

"하루는 교복을 입은 애기 아니, 학생이 왔어. 딱 보니 우리 손자랑 같은 학교 교복인 거야. 우리 규빈이를 아는지 물어보려다 말았지."

연우는 그저 바닥을 내려다보며 할머니의 말을 들었다.

학생은 이것저것 가격을 묻고 나서 할머니가 팔고 있는 채소를 전부 달라고 했다. 이게 무슨 일인가 싶어 할머니는 의아했다. 장을 보러 나온 어른도 아니고 교복을 입은 학생이 오이, 당근, 상추 같은 채소를 다 사겠다니.

"집에 가서 가족들이랑 먹겠다는데 그 마음이 얼마나 고맙고 예쁘던지."

할머니는 다시 한번 코를 훌쩍이며 눈가의 물기를 닦았다. 그날 이후로 학생은 수차례 할머니를 더 찾아왔고, 올 때마다 할머니가 파는 채소를 모조리 사 갔다. 할머니는 손수 채소들을 키워 팔았는데, 이웃에게서 가져다 팔 때도 있어 그날그날 내놓는 품

목이 달랐다. 학생이 단골이 된 다음부터 할머니는 더욱 신경을 쓰게 되었다. 다양한 종류의 채소를 싱싱하고 좋은 것으로 골고루 추렸다.

"우리 애기가, 착한 규빈이가⋯⋯."

말하다가 할머니는 연우에게 다시 미안하다고 했다. 연우 앞에서 착한, 이라고 표현한 걸 실수라고 느꼈던 거였다.

"규빈이가 그런 일을 저질렀다는 것도 안 믿기는데, 저기 누워 있는 학생 얼굴을 보니까⋯⋯ 그때 그 학생인 거라⋯⋯."

기어이 할머니는 울음을 터뜨렸고 연우는 그제야 고개를 들고 할머니를 똑바로 보았다. 할머니의 채소를 사 갔던 단골손님은 형이었다. 형은 시장에 갈 때마다 살가운 인사를 건네며 할머니의 채소를 몽땅 샀다. 형이라면 그럴 수 있었다. 형은 원래 그런 사람이니까. 그 학생이 손자와 같은 반이라는 건 할머니도 몰랐다고 했다. 김규빈도 몰랐겠지. 알았다면 이런 일은 생기지 않았겠지.

따뜻하게 이어질 수도 있었던 인연과 우연이 어쩌다 이런 비극을 만들었을까. 왜 하필 이런 사람들일까. 왜 어려운 처지의 사람들끼리 불행을 에워싸고 싸우는 걸까. 억울한 일은 항상 그늘을 타고 돌아다녔다. 그게 또 억울해 연우는 실체가 없는 대상을 원망하면서, 울고 있는 할머니를 뒤로한 채 자리에서 일어섰다.

늦은 시간이 되어서야 연우는 집으로 들어갔다. 아무도 없는 집은 어둠에 싸여 있었다. 형의 일이 있은 이후로 아버지는 예전보다 자주 집을 비웠다. 무슨 일을 하는지 알 수 없는 아버지가 불안했다.

연우는 형의 방으로 가서 책상 앞에 앉았다. 품에 안기듯 형의 책상 위에 엎드렸다. 크게 숨을 들이마시며 형의 온기를 느껴 보려고 했다. 연우의 아픔을 다독여 주었던 형. 연우에게서 조금이라도 짐을 덜어 주고 싶어 했던 형. 아버지가 손쉬운 결정을 하는 건 아닐까 걱정이 앞섰다. 아버지를 막을 수 있는 사람은 형밖에 없는데, 형이 없는 지금 연우는 아버지를 대할 자신이 없었다.

"이제 그만하세요!"

연우를 손찌검하려던 아버지의 팔을 형이 낚아챘다. 고등학생이 된 형은 어느새 아버지보다 크고 강해졌다. 아버지도 느꼈던 게 분명했다. 한발 물러섰던 걸 보면. 형 앞에서 폭력을 휘두르는 일이 줄어든 걸 보면.

그렇다고 아버지가 달라진 건 아니었다. 어떤 식으로든 아버지는 분노했고 화풀이 대상을 찾았다. 말도 안 되는 트집을 잡으면서 세간을 부수고 걸핏하면 남들과 싸웠다.

연우는 형이 없으면 집에 들어가지 않았다. 형이 올 때까지 길목에서 기다렸다. 연우만 남겨진 사이에 무슨 일이 일어날지 모른다는 걸 형도 늘 염두에 두고 있었다. 연우의 전화나 메시지를 형은 놓치지 않았다. 연우는 빨리 자라고 싶었다. 형만큼, 형 이상으로. 그래서 더는 아버지가 두렵지 않기를 바랐다. 연우도 형에게 힘이 되어 주고 싶었다. 그런 날을 기다렸다.

형이 아르바이트를 하면서 귀가가 늦는 경우가 더러 생겼지만, 돈을 번다는 건 그만큼 어른이 되는 일 같아서 연우는 형이 든든했다. 형은 아버지 대신 연우에게 용돈을 주었고, 아버지가 없는 날을 골라 치킨을 사 오기도 했다. 형이 사 온 치킨을 먹으면서 연우는 전에 없던 행복을 느꼈다. 평범한 사람이 된 기분이었다. 엄마가 돌아오지 않아도, 아버지가 무서워도, 형이 있으니까. 행복한 시간이 차차 늘어날 거라고 믿었다. 하지만 모든 건 형이 있어야 가능했다.

연우는 책상에서 몸을 바로 세웠다. 자리에서 일어서려다가 문득 시선이 책상 위에 놓인 달력으로 갔다. 다시 자세를 고쳐 앉으며 연우는 달력을 끌어왔다. 달력에는 시험 기간 같은 형의 중요한 일정이 표시되어 있었다. 그리고 사나흘 간격으로 날짜에 엑스 자가 쳐 있었다. 언젠가 연우는 그게 무슨 의미인지 형에게 물었었다.

"공부 안되는 날?"

어림짐작해 농담처럼 건넨 말에 형은 씁쓸한 얼굴로 대답을 대신할 뿐이었다. 달력에는 까맣게 덧칠해서 아예 숫자가 지워진 날도 있었다. 그런 날에 정확히 무슨 일이 있었는지 알 수는 없지만, 연우는 형의 심경을 짐작할 수 있었다. 그건 결코 아버지와 무관하지 않을 것이다. 아버지의 난동은 사흘을 넘기지 못하고 반복되었으니까.

연우는 달력을 뒤로 넘기며 시간을 거슬러 갔다. 날짜 위의 엑스 자는 과거로 갈수록 그 간격이 멀었고, 최근으로 오면서 밭아졌다. 근래 들어 형이 유독 공부에 집중하지 못할 일이라도 있었던 걸까. 미로에 갇힌 심정으로 연우는 형의 틈을 파고들었다.

연우가 형의 학교에 갔을 때, 형의 담임은 병원에서 만났던 인상 그대로였다. 속내를 굳이 감추지 않았다. 자기 반에서 이런 일이 벌어진 걸 못마땅해했다. 기자들과 형사들을 상대해야 하는 상황에 불만을 드러냈다.

그럼에도 연우는 꿋꿋하게 강민에 대해 물었다. 강민 이름이 나오자 담임의 표정은 눈에 띄게 달라졌다. 동생을 붙잡고 이런 얘기를 하고 싶지 않지만, 이라고 운을 떼며 담임은 형의 잘못을 읊었는데 연우는 그 말을 하나도 이해할 수 없었다. 형의 주도로 김규빈을 향한 괴롭힘이 있었다, 주의를 주었으나 반성하는 듯하더니 달라지지 않았고 결국 이런 사태까지 벌어지고 말았다, 라는 담임의 말이 마치 다른 세계의 언어처럼 들려 연우는 넋이 빠진 채 담임의 입만 보고 있었다.

형이 다른 사람에게 해가 되는 행동을 했다는 것. 연우에게 그건 상상하기 싫은 일이 아니라 상상조차 할 수 없는 일이었다. 분명 뭔가 잘못된 거였다.

"잘못 알고 계신 거예요. 형은⋯⋯."

어렵게 입을 열었는데 형의 담임은 한숨을 내쉬며 연우의 말을 듣고 싶지 않다는 내색을 비쳤다. 내막을 상세히 알아봐야 한다는 간청에도 담임은 표정을 바꾸지 않았다.

연우는 담임의 태도가 무책임하게 느껴졌다. 형이 김규빈의 타깃이 된 이유. 무작정 공격 대상이 된 것인지, 오해인지, 누명인지 연우는 그걸 알아내서 바로잡고 싶은 거였는데, 다들 누워 있는 형이 모든 책임을 떠안고 마무리되기를 바라고 있었다. 형은 이미 그런 일을 당해도 마땅한 사람이 되어 있었다.

연우는 더 이상 형의 담임에게 기대를 걸 수가 없었다. 학교에서 반 학생이 큰 사고를 당했는데도, 담임에게서는 일말의 책임이나 걱정을 찾아볼 수 없었다.

김규빈에게서 자유로울 수 있는 애는 몇 안 된다던 은기 형의 말. 만에 하나 형도 의식하지 못한 채, 아니면 불가피한 사정으로 실수가 있었다면……. 말도 안 되는 가능성에 잠깐 빠져들다가 연우는 세차게 머리를 저었다. 다른 사람의 말에 흔들려서는 안 된다. 모두가 원하는 게 바로 그것일 테니까. 그들이 원하는 대로 형을 내버려둘 수는 없었다.

경찰서에 갈 때는 훨씬 큰 용기가 필요했다. 연우는 경찰을 믿지 않았다. 그들은 어린 사람의 말에 귀를 기울이지 않았고 안일하게 넘겨짚었다. 연우는 전에도 두 번 경찰서에 갔었다. 한 번은 형이랑 직접, 또 한 번은 다른 사람의 도움을 받아서였다.

아버지를 피해 집을 나왔던 날. 최대한 아버지로부터 멀어지기 위해 새벽까지 줄곧 걸었다. 배가 고팠고 지치고 힘들었지만 연우는 형이 가는 대로 따라갔다. 아직 하루가 시작되기에 이른 시간, 불 켜진 가게가 하나 있었다. 분식집이었는데 주인아주머니 혼자서 가게 문을 열다가 마침 지나가는 형제를 발견했다.

"누가 이랬니?"

놀란 눈길이 형과 연우를 이리저리 살폈다.

주인아주머니는 둘을 가게 안으로 데려가 편히 쉴 수 있게 해 주고는, 냉장고를 뒤져 부리나케 음식을 만들었다. 연우는 그날 먹은 것들을 잊을 수가 없었다. 갓 지은 밥이 엄마가 해 주던 것과 비슷했다. 허기진 배는 좀처럼 채워지지 않았고 음식은 계속 들어갔다.

"언제든 와. 배가 고파도 오고, 도움이 필요해도 오고. 알았지?"

경찰차에 탈 때 주인아주머니가 신신당부했다. 형은 머리를 숙여 인사했고, 연우는 작게 대답했다.

나중에 다시 떠올리려 했지만 무작정 걸었던 터라 길이 기억나지 않았다. 형한테 물은 적이 있었는데 형도 고개를 저었다. 모른다는 뜻이었을까, 다시 가지 말자는 의미였을까.

그날 경찰에게 인도되었던 형제가 돌아간 곳은 아버지가 있는 집이었다. 밤새 걸어 도망쳤던 게 허무할 정도로 너무나 쉽게 다시 아버지의 사정권으로 들어갔다.

경찰에 대해서는 안 좋은 기억밖에 없지만 연우는 지체할 수가 없었다. 담당 형사 앞에서 주눅 든 모습을 보이지 않으려고 했는데, 자꾸만 움츠러드는 걸 어쩔 수가 없었다. 중학교 3학년이지만 연우는 또래보다 체구가 작고 왜소했다. 키도 크고 체격도 컸더라면, 동생이 아니라 형의 형이었더라면.

다행히 형사는 연우를 무시하지 않았다. 책상 위에 있던 음료수 뚜껑을 따 연우 앞으로 밀어 주었다. 알맹이가 둥둥 떠다니는 음료를 연우는 가만 내려다보았다. 미지근한 음료수 병을 두 손으로 꽉 쥐자 긴장이 풀어졌다. 형의 일로 애면글면 다니는 동안 아무도 연우를 헤아려 주지 않았다. 연우의 담임도 우선 조사를 지켜보자고만 했다. 연우의 말을 듣고 진심으로 이해해 준다면, 연우는 상대가 누구든 그 손을 덥석 잡고 싶었다.

"잘못에 대해서는 가해 학생인 김규빈이 순순히 인정했어. 둘 사이에 있었던 문제는……."

"아니에요!"

연우는 소리치며 형사의 말을 잘랐다. 사람들이 하는 말이 진실이 아닐 수 있다는 걸, 형이 하지 않은 일까지 덮어쓸 수는 없다는 걸 말해야 했다. 김규빈은 감형을 위해 형의 잘못이라고 할 게 틀림없었다.

하지만 친절하게 연우를 상대하던 경찰마저 그 사실에는 동의하지 않았다. 김규빈의 진술이 일관되고 구체적이며, 목격한 아이들의 증언 또한 같기 때문에 의심의 여지가 없다고 했다.

"가해 학생이 쓴 일기가 있어. 가해자이기 이전에 피해자였을 때."

형사는 의자에 등을 기대며 팔짱을 꼈다.

"며칠 간격으로 황진우 이름이 나와."

형사의 말투는 억양 없이 단조로웠다. 연우는 눈을 질끈 감았다. 연우가 알고 있는 형이 과연 이들이 말하는 사람과 동일 인물인 걸까.

"김규빈은 어디 있어요? 재판은 어떻게 돼요?"

떨리는 목소리를 억누르며 연우가 간신히 물었다.

"사건은 이미 송치됐고 소년 보호 사건으로 진행될 거야. 초범이고 우발적이었다고 해도 피해자 상태가 위중하다는 게 영향을 미치겠지."

형사의 말이 연우에게 환청처럼 들렸다. 며칠 간격으로 나오는 형의 이름. 구체적인 내용까지는 말하지 않았지만, 형사는 혀를 차며 고개를 가로저었다.

벗어나려 발버둥 칠수록 연우는 깊은 늪으로 빨려 들어가는 기분이었다. 진실이라고 믿었던 일이 짙은 안개로 뒤덮여 연우의 앞을 가로막았다. 유일하게 따뜻했던 곳, 행복했던 순간과 단단한 버팀목이 있던 자리가 텅 비어 버렸다. 거기 형이 있었는데. 분명 그랬는데.

그동안 믿었던 건 무엇이었을까. 연우는 이제 자기 자신을 의심했다.

경찰서를 나와 어떻게 왔는지도 모르게 집에 도착했다. 아무렇지 않게 돌아가는 세상을 뚫고 지나오는 길이 연우는 견딜 수 없이 힘겨웠다. 마침 현관에는 아버지의 신발이 놓여 있었고, 전화 통화를 하는 소리가 밖으로 흘러나왔다. 연우는 조심스레 문을 열고 안으로 들어섰다.

편한 자세로 벽에 기대앉은 아버지는 호탕하게 웃으며 상대방에게 호언장담하는 말을 늘어놓았다. 이 상황에서 어떻게 웃음이 나올까. 도저히 이해할 수 없다고 생각하면서도 연우는 자리에 서서 아버지의 통화가 끝나기를 기다렸다.

아버지는 연우가 없는 듯이 행동했다. 전화를 끊고 일어서더니 겉옷을 챙겨 나갈 채비를 했다. 연우는 계속 기다렸다. 아버지가 돌아봐 주기를. 단 한 번만이라도. 끝내 눈길조차 주지 않고 아버지가 연우를 지나칠 때, 연우는 용기를 내어 "아버지!" 하고 불렀다. 아버지의 사나운 눈길이 연우에게 닿았고 연우는 그만 움찔 물러섰다.

"형 말인데요. 그러니까 형이⋯⋯."

연우가 겨우겨우 입을 열었지만 아버지는 그 말을 잘랐다.

"답답한 자식."

아버지가 거칠게 밀어 버려 연우는 벽에 부딪혔다. 역시나 아버지는 변하지 않았다. 신발을 신고 나가며 뒤도 돌아보지 않았다. 형도 느껴 본 적 있을 것이다. 실낱같은 희망이 종국에 끊어지고 마는 기분을.

연우는 형의 방으로 갔다. 언젠가 이 공간에 형이 있었다는 사실이 믿기지 않았다.

형의 자리로 가서 털썩 주저앉았다. 형의 물건이 손에 닿을 때마다 연우는 소리 내어 형을 불렀다. 형을 깨우기 위한 의식이나 주문인 것처럼. 노트와 필기구, 교과서, 이어폰. 연우의 시선이 달력에서 멈추었다. 처음에는 어쩌다가 한 번, 그다음은 열흘, 일주일. 최근에는 표시된 날짜의 간격이 짧아졌다. 되짚어 보면 공부가 안되는 날이라고 여겼던 건 연우 혼자의 짐작이었다. 형은 그저 쓸쓸한 표정을 지었을 뿐이다.

연우는 달력을 가져와 한 장씩 넘겼다. 숫자를 따라가는 연우의 눈동자가 흔들렸다. 손가락이 가리키는 그날로, 연우는 기억을 더듬었다.

"돈을 숨겨 놔?"

"제 거 아니에요!"

아버지가 또 시비를 거는구나 싶어 연우의 가슴이 내려앉았다. 어떻게 해야 할지 몰라 연우는 건넛방에서 초조하게 귀를 기울였다. "진짜예요. 내일 돌려줘야 한다고요." 형의 목소리는 애원에 가까웠으나 아버지에게 통할 리 없었다. 물건이 벽에 부딪치고 바닥으로 떨어지는 소리가 연달아 울렸다. 연우는 불안하게 자리에서 일어났지만 더는 어쩔 도리가 없었다.

소란은 아버지가 집을 나가고 나서야 멈추었다. 연우는 그제야 형의 방문을 열었다. 물건들이 방바닥에 어지러이 뒹굴었고, 형은 구석에 앉아 머리를 묻은 채였다. 연우가 다가가 어깨를 흔들자, 형이 가만히 고개를 들었다. 어둠 속에서 드러난 형의 눈빛. 형의 그런 표정은 처음이었다. 슬픔이었을까, 분노였을까. 아니면 다른 감정이 담겨 있었던 걸까. 벌떡 일어나 집을 뛰쳐나가던 형의 뒷모습을 연우는 애타게 보면서도 붙잡거나 따라나서지 않았다. 연우의 방식대로 형을 위로하려고 했던 거였는데, 모른 척하며 형을 배려했다고 여긴 일들이 뒤늦게 짙은 후회로 다가왔다.

그날의 형은 분명 평소와 달랐다. 형에게서 예전과 다른 느낌이 들었던 적이 또 있었나. 그 전에, 그리고 그 뒤에. 기억이 한꺼번에 삭제된 것처럼 머릿속이 하얗게 되는가 싶더니, 여러 가지 일들이 뒤섞여 떠올랐다. 엄마와 아버지, 형의 모습이 시간 순서와 상관없이 나타났다 사라졌다. 그중 형에게 보이던 어떤 날들의 낯선 느낌이 연우의 기억에서 깨어났다. 잘못 들었나 싶게 불쑥 내뱉은 거친 말, 이따금 스쳤던 냉소적인 웃음, 그러다가 드러나는 무기력한 표정. 많은 날에 형은 어두웠다는 걸, 어느 순간 완전히 웃음을 잃었다는 걸 연우는 인정하고 싶지 않았다.

가슴이 조여 오며 달력을 짚은 손가락이 떨렸다. 그러다가 문득 할머니가 했던 말이 생각났다.

"같은 학교 교복을 입은 학생이 자주 왔어. 팔고 있던 채소를 다 사 갔지."

돌이켜 보면 이상했다. 형은 채소를 별로 좋아하지 않을뿐더러, 집에 채소를 잔뜩 들고 온 적도 없었다. 형이 산 채소들은 다 어디로 갔을까. 할머니의 채소를 샀던 마음으로 어딘가에 똑같이 나누어 주었을 거라고 막연히 추측했는데, 그것 역시 연우의 짐작이었다. 이전에는 갖지 않았던 의문이 여기저기서 터져 나왔다. 은기 형은 알고 있을까. 강민은 알까. 담임은. 형사는. 이어지는 의구심 속에서 불길함은 점점 증폭되었다.

형이 했던 아르바이트는 부정기적이었고 자주 바뀌었다. 연우가 분명하게 알고 있는 건 초반에 다녔던 패스트푸드점과 치킨 가게였다. 그때 연우는 형을 만나러 간 적이 있었다. 치킨 가게가 영업을 접은 이후로는 형이 어떤 일을 하는지 연우도 확실히 알지 못했다. 형편에 따라 사람이 필요한 곳을 찾아다니는 줄 알았다. 일손이 부족한 식당, 갑자기 자리가 빈 편의점, 아니면 배달. 형은 공부와 아르바이트로 쉴 새가 없었다.

"우린 여길 떠날 거야."

형의 계획을 알게 되었을 때, 연우는 기대보다 두려움이 앞섰다. 아버지를 벗어나는 게 가능할까, 엄마를 영원히 만나지 못하는 건 아닐까. 그러면서도 연우는 형의 뜻을 따를 결심을 했다. 형과 떨어지는 건 연우에게 있을 수 없는 일이고, 형이 그렇게 결정을 내렸다면 지금보다는 나을 거라는 확신이 들어서였다.

달력에 표시된 날짜들은 형이 아르바이트를 했던 날인지 모른다. 맞춰 보니 형에게 용돈을 받았던 날과도 대강 맞아떨어졌다. 아버지에게 돈을 들키고 나서 형은 조급해졌던 거다. 떠날 계획을 앞당겼고 아르바이트를 늘려 힘들고 지쳤을 것이다. 어떤 날은 날짜를 까맣게 지워 버리고 싶을 정도로. 그건 김규빈의 기록과는 관계가 없다. 그렇게 결론 지어도 연우의 불안은 쉽사리 가라앉지 않았다.

연우가 알고 싶은 일들은 아직도 불분명했고 대부분 연우의 추측이었다. 이 일에 대해 말해 줄 수 있는 사람은 형인데, 형에게서는 대답을 들을 수가 없었다. 그렇다면 나머지 한 사람.

연우는 김규빈을 만나고 싶었다. 만나서 묻고 싶었다. 김규빈이 알고 있는 진실, 형을 그렇게 만든 이유에 대해.

김규빈을 만나러 가는 과정은 쉽지 않았다. 연우는 할머니를 설득했다. 형의 누명을 풀어야 김규빈도 재판에서 유리하다는 연우의 말을 할머니는 곧이곧대로 믿었다. 법이 어떤지, 재판이 어떤 식으로 진행되는지 연우라고 알 리가 없지만, 김규빈을 만나야 한다는 일념에 되는대로 뱉었다.

"사촌 동생이요?"

"이 애기 좀 들여보내 주소."

"꼭 할 얘기가 있어서요."

연우와 할머니가 사정했다. 소년 분류 심사원의 원장은 면회 신청서를 확인하며 조금 의심스러운 얼굴로 연우를 훑어보았다. 연우는 어느 때보다 긴장이 되었지만, 그 눈길을 피하지 않았다.

　원장이 할머니에게 할 얘기가 있다고 해서 면회실에는 연우 혼자 들어갔다.

　"규빈이는 잘 지내고 있어요. 착하고 온순한 애 같은데 어쩌다가 그런 일을 저질렀는지……."

　닫히는 문 틈새로 원장의 말이 스며들었다.

　김규빈이 오기를 기다리면서 연우는 물어야 할 말을 곱씹었다. 감정을 앞세웠다가는 아무런 얘기도 듣지 못할 수 있었다. 김규빈이 사실대로 말해 주기를, 그리고 그 안에 반드시 연우가 듣고 싶은 얘기가 있기를 바랐다. 가장 원망스러운 대상을 연우는 마지막 간절함으로 기다리고 있었다.

　거짓말을 하고 면회 온 일이 알려져 혹시 형에게 불리하게 작용하는 건 아닐까 걱정이 들 무렵, 문이 열렸다. 연우는 자리에서 벌떡 일어났다. 면회실 안으로 발을 들이던 김규빈이 연우를 발견하고 주춤 멈추었다. 김규빈은 표정으로 연우가 누구인지를 묻고 있었다.

　"할머니랑 같이 왔어."

　김규빈이 다시 나갈까 봐 연우는 빠르게 말했다.

"물어보고 싶은 게 있어서."

연우의 말에 김규빈은 일단 안으로 들어왔다. 심사원의 직원이 따라와 문가에 앉았다.

김규빈이 자리로 오는 동안 연우는 김규빈에게서 눈을 떼지 않았다. 이전에 보았던 기억과는 확연히 달랐는데, 그건 표정이 사라졌기 때문이었다. 공장에서 나온 인형처럼 김규빈의 얼굴에는 감정이 담겨 있지 않았다. 보통의 키에 다소 마른 체구. 어딜 보아도 위협적인 면은 보이지 않았고, 그렇다고 반 애들이 만만하게 대할 만한 약한 상대로 느껴지지도 않았다.

"난 황연우야. 황진우 동생."

연우는 직원에게 들리지 않도록 낮은 소리로 말했다. 김규빈의 반응을 주시했으나, 앞에 있는 사람이 누구인지 알고 난 후에도 김규빈은 놀라거나 당황하지 않았다. 그저 눈길을 떨어뜨려 연우와 눈을 맞추지 않는 정도였다.

김규빈의 무덤덤한 태도를 보자 연우는 화가 치솟았다. 연우의 심정을 모르지 않을 텐데 사과조차 하지 않았다. 형은 의식 없이 병원 중환자실에 누워 있는데 김규빈은 멀쩡했다. 금방이라도 폭발할 것만 같은 분노를 연우는 애써 억눌렀다.

"우리 형한테…… 왜 그랬어?"

모든 걸 내려놓은 사람처럼 김규빈은 아무런 희망도 없는 눈빛으로 우두커니 한곳만 응시했다.

"그렇게 될 줄 나도 몰랐어. 하지만…… 그땐 나를 막을 수 없었어."

반성 없는 김규빈의 대답에 연우의 입에서 헛웃음이 새어 나왔다.

"그러니까 왜 우리 형이냐고. 우리 형이 뭘 잘못해서?"

연우의 목소리가 점점 격앙되었다. 서류를 훑어보던 직원이 고개를 들었다. 자칫 면회가 중단되기라도 할까 봐 연우는 숨을 가다듬으며 두 손을 꽉 맞잡았다. 잠시 뒤 직원의 시선은 다시 서류로 향했다.

"사람이…… 한꺼번에 채소를 얼마나 먹을 수 있을 것 같아?"

"뭐?"

김규빈의 말이 뜬금없어 연우는 되물었다. 김규빈은 자리에 앉은 뒤 처음으로 연우의 눈을 마주 보았다.

"강민이 좋아하는 게임이 있었어."

김규빈은 잠깐 침묵하더니 얘기를 이어 갔다.

강민의 게임은 응모 방식이었는데, 흥미로운 제안이나 아이디어를 내서 채택이 되면 상금이 지급되는 식이었다. 그 제안이라는 것의 실상은 게임이라기보다 누군가를 괴롭히는 참신한 방법이었다. 새로운 아이디어에 주변 아이들이 얼마나 호응하는지가 관건이었으나, 최종 결정권은 상금을 주는 강민에게 있었다.

식은땀으로 연우의 손이 축축했다. 무서운 얘기가 나올 것 같은 예감에 가슴이 답답해져 소매를 걷어 올렸다.

강민이 제안을 채택하면 아이디어를 낸 사람이 행동으로까지 옮기는 것이 규칙이었다. 돈이 걸린 게임에 반 애들은 흥미를 보이며 앞다투어 얼토당토않은 의견들을 냈다. 그중 강민의 관심을 끄는 건 극히 일부였다.

"실행하는 애들은 바뀌어도 당하는 대상은 고정되어 있지."

김규빈은 약간 자조적인 웃음을 지었다.

"우리 할머니는 시장에서 채소를 팔아. 반에서 그걸 모르는 애는 없어. 내가 말한 적은 없지만 숨길 이유도 없으니까."

그동안의 일들이 연우의 머릿속을 빠르게 채워 나갔다. 착한 애기, 라고 부르던 할머니의 목소리가 귓가를 울렸다.

'할머니 이건 얼마예요? 전부 주세요.'

상냥하게 말을 건네는 형의 모습이 그려졌지만 거기까지였다. 그다음은 그려지지 않았다. 그 많은 채소를 형은 어디로 가져갔을까.

"그 아이디어는 원래 강민이 낸 거였어."

형은 심부름만 했다. 강민의 요구대로 물건을 가져다주고 돈을 받았다. 할머니의 채소가 어떻게 쓰이는지 형은 보지 못했다. 김규빈 앞에서 내팽개쳐지고, 발에 밟혀 짓이겨진다는 걸 알았더라면 형은 절대 그 일에 끼어들지 않았을 것이다. 연우가 생각하는 동안에도 김규빈의 말은 이어졌다.

"나도 도움을 청했어. 벗어나려고 했다고. 근데……"

강민과 형 사이에 어떤 거래가 오고갔는지는 김규빈도 모르는 듯했다. 김규빈이 선생님에게 밝힌 것과 다르게 그동안 있었던 일의 주동자는 형이 되어 있었다. 형은 순순히 자기 잘못을 인정하고 반성문도 썼다. 어떠한 설명도 하지 않았다. 하지도 않은 죄를 뒤집어쓴 채 무력하게 놓여 있는 형을 떠올리자, 연우는 한없이 무너져 내렸다. 연우 앞에서는 못 하는 게 없던 형이었는데. 무슨 일이든 헤쳐 나갈 수 있는 사람이었는데.

'고맙다. 덕분에 잘 해결됐어.'

그런 형에게 가장 먼저 다가간 사람은 공교롭게도 강민이었다.

희망은 번번이 사람을 힘들고 지치게 했다. 좌절하게 만들고 더 큰 노력을 요구하면서도 행복한 순간은 선뜻 허락하지 않았다. 정답이 없는 세상에서 어떻게 해야 떳떳하게 살아갈 수 있는지, 그리고 그게 얼마나 가치 있는 일일지 연우도 고민한 적이 있었다. 정당하지 못한 방법으로도 살아갈 수 있다는 걸, 힘을 가지고 있으면 어렵지 않게 원하는 바를 얻고 누릴 수 있다는 걸 형은 직접 겪었다. 형을 뒤흔든 게 무엇인지 짐작되어 연우는 마음이 아렸다.

사건이 무마되고 시간이 지나자, 그릇된 일은 다시 반복되었다. 그리고 그즈음이었다. 김규빈 앞에 형이 나타난 건.

'일종의 상부상조 같은 거야. 우리가 할머니의 노고를 덜어 주는 대신 저 자식이 약간의 대가를 치르는 거지.'

강민이 말했다.

김규빈의 목소리가 까마득해지는 것과 반대로 연우의 눈앞에는 또렷한 장면이 그려졌다. 증오 섞인 김규빈의 얼굴이 보이는가 싶더니 그 모습에 할머니가 겹쳐졌다. 미안하다고 하는 할머니의 말은 엄마의 목소리로, 형제의 웃음으로, 그러다가 아버지로 돌아왔다. 모두가 헤어 나올 수 없는 굴레 속에 있었다. 형이 정말로 짓밟고 싶은 게 무엇이었는지 연우는 알 수 있었다. 어둠, 가난, 나약함, 그 안에 갇힌 자기 자신.

갈등하던 형이 움직였다. 머뭇거리던 발길질이 거세졌고 형의 발끝에서 채소들이 짓이겨졌다. 호기심으로 지켜보던 강민과 무리들의 환호조차 형의 귀에는 들리지 않았다. 형은 돌아섰다. 지키려고 애를 썼지만 기어코 형을 밀어냈던 것들로부터.

그 이후로 할머니의 채소는 새로운 쓰임새를 찾았다.

"황진우도 거기 있었어."

김규빈의 숨소리가 거칠어졌다. 마치 지금 그 일을 겪는 것처럼, 김규빈의 얼굴에 분노가 가득 찼다.

"어떤 날엔 당근이나 호박, 가지가 있을 때도 있고 양파인 날도 있지. 감자나 고구마, 운이 좋을 때는 토마토."

김규빈은 아까와 비슷한 웃음을 흘렸다. 연우는 김규빈의 웃음이 무서웠다. 더는 듣지 않고 문을 박차고 나가고 싶었지만 몸이 말을 듣지 않았다.

"할머니가 정성껏 가꾼 채소들이 어떻게 쓰이는지 안다면, 할머니가 판 채소를 누가 어떻게 먹는지 안다면⋯⋯."

김규빈은 할머니가 시장에 나가지 못하게 말리면서도 그 이유를 말하지 못했다. 할머니는 채소를 판 돈으로 손자를 위한 것들을 샀다. 옷을 사고, 신발을 사고, 고기를 샀다. 일을 그만둘 수 없었다.

연우도 좋아했다. 형이 돈을 벌고 그 돈으로 평범한 일상을 가질 수 있어서. 드디어 행복이 찾아오는 것 같아서. 기대도 했다. 형이 언제 또 아르바이트를 할까. 그저 그 자체로 즐거웠다. 형이 어디서 어떤 일을 하는지 묻지 않았다. 달콤한 순간 앞에서 다른 것은 중요하지 않았다. 외면하게 했고 편한 쪽으로 믿게 만들었다. 형의 변화를 정말 눈치채지 못했을까, 스스로에게 물어보았지만 연우는 대답할 수가 없었다.

연우는 숨이 가빠졌다. 굳게 입을 다문 김규빈과 그 앞에 있는 형. 둘 사이에 널려 있는 채소들. 마침내 김규빈의 턱을 잡은 형의 떨리는 손끝.

연우는 온몸에서 힘이 빠져나갔다. 시간을 뒤로 돌리고 싶었다. 김규빈을 만나러 오기 전으로, 아무것도 알지 못하던 순간으로, 이런 일이 벌어지지 않았던 때로.

만약 김규빈이 형과 친했더라면. 할머니가 파는 채소를 사서 형제가 맛있는 음식을 해 먹을 수 있었다면. 김규빈을 규빈이 형, 이라고 부르면서 가깝게 지내는 사이가 되었더라면. 일어나지 않은 과거의 상상 속에서 김규빈을 향했던 화살은 거푸 빗맞거나 방향을 바꾸었다.

"강민은 금방 싫증을 내. 근데 그 일이 꽤 길게 간 이유가 뭔지 알아?"

억지로 욱여넣은 채소를 겨우 삼키며 김규빈은 보았다. 강민의 시선이 누구에게 향해 있는지. 다른 애들은 눈치채지 못했지만 강민은 자신만의 새로운 게임을 즐기고 있었다. 한 인간이 망가져 가는 모습을 지켜보는 것.

'강민의 목적은 이제 내가 아니라 너야.'

김규빈의 말에 형은 주먹 쥔 손을 올렸다가 이내 떨어뜨렸다. 김규빈이 느낀 걸 형도 알고 있었을까. 형은 부정하고 싶었을 것이다. 김규빈의 말도, 진짜 형의 마음도.

"과학 시간이 끝나고 나서 황진우가 그러더라."

김규빈은 잠시 숨을 돌렸다. 그러고는 연우를 정면으로 응시하며 말했다. 눈 한 번 깜빡이지 않고 정확하게 천천히.

"기대해. 할머니한테 오늘 매운 고추가 필요하다고 했거든. 저번에 보니까 너 그거 잘 먹던데."

아니야, 아니야. 연우는 속으로 외쳤지만 소리가 되어 나오지 않았다. 그건 형의 진심이 아니라고, 믿어 달라고 말하고 싶었다.

"형도 괴로워했어. 내가 알아. 내가 봤어."

연우의 목소리가 가까스로 터져 나왔다. 김규빈에게 사과를 받아야 하는데, 김규빈이 잘못했다고 빌 줄 알았는데 예상과 기대는 엉뚱하게 흘러갔다.

"그건…… 나한테 중요하지 않아."

김규빈이 말했다.

연우는 자리에서 일어나 면회실을 뛰쳐나왔다. 건물 밖으로 나오자 푸르게 맑은 하늘이 펼쳐져 있었다. 세상은 형제의 사정을 아랑곳하지 않았다.

"형이, 형이 어째서……."

연우는 김규빈이 한 말들을 하나도 받아들일 수 없었다. 형이 그런 마음을 품게 된 이유도. 그런 마음이 형 안에 자리 잡게 된 까닭도. 아무것도 의심하지 않고 형의 울타리 안에서 편하게 지냈던 자기 자신을 연우는 가장 받아들이기 힘들었다. 혹시라도, 혹시나 형의 선택에 이유를 보탠 건 아닐까. 형의 어깨에 또 다른 짐을 올렸던 건 아닐까. 모든 이유들이 돌고 돌았다.

"형, 일어나. 일어나서 말해 줘. 아니라고, 이건 진실이 아니라고."

자리에 주저앉아 연우는 소리 내어 울었다. 주위를 둘러보았지만 거리는 황량했다. 연우가 왜 우는지 묻거나 울음을 그치게 다독여 줄 사람은 없었다.

'연우야, 미안해.'

형의 음성이 들리는 듯했다. 연우가 유일하게 기댈 수 있던 곳. 의지할 수 있었던 자리.

"형, 형⋯⋯."

무얼 할 수 있을지, 어디로 가면 좋을지 연우는 갈피를 잡을 수가 없었다. 한없이 냉정한 세상이 연우에게서 가장 소중한 것까지 앗아 가려고 했다. 그것만큼은 절대 놓을 수 없었다.

연우에게는 형이 있었지만 형은 그렇지 못했다. 형도 누군가의 손을 잡고 싶었을 텐데. 어서 빨리 형처럼 강해지기를 바라면서도, 형에게 힘이 되어 주고 싶으면서도, 그날이 오기만 막연히 기다리고 있었다. 형이 점점 무너지는 줄도 모르고.

연우는 자리에서 일어섰다. 형에게 가야 했다. 이 순간 형이 혼

자라는 사실이 견딜 수가 없었다. 형이 보고 싶었다. 형도 마찬가
지일 게 분명했다. 누가 뭐라고 해도 연우는 알고 있다. 형이 어떤
사람인지. 형이 이렇게 된 이유가 무엇이든, 연우가 가야 할 길은
하나였다. 연우는 달렸다. 달리면서 말했다.

"내가 도와줄게. 내가 지켜 줄게."

연우는 더 이상 스스로를 나약하게 여기지 않았다. 이제는 연
우 차례였다. 형이 원래의 모습으로 돌아올 수 있게, 예전처럼 다
정하고 따뜻한 형이 될 수 있게 연우가 형의 곁을 지킬 것이다.
형이 연우에게 했던 것처럼. 연우는 달리면서 눈가에 남은 물기
를 닦아 냈다.

산타클로스를 만나

내가 그 아이에게 관심을 갖기 시작한 건 아이 아빠의 직업을 알게 된 다음부터였다. 작은 여자아이가 놀이터에서, 아파트 화단 근처에서 혼자 놀고 있는 걸 그 전에도 본 적 있었지만 무심코 지나치고는 했다.

그날도 입구 계단에 아이가 앉아 있어 그러려니 생각했었다.

"네 아빠는 오늘도 나갔냐?"

경비 아저씨가 지나가며 묻자, 아이는 고개를 바짝 들더니 "소방관은 원래 바빠요!" 하고 대꾸했다. 몇 마디의 말에서도 자부심이 배어 나왔다. 경비 아저씨도 그렇게 느꼈는지 허허, 웃었다. 엘리베이터에 타고 문이 완전히 닫힐 때까지 나는 아이의 뒷모습을 눈에 담았다.

얼마 뒤 창밖으로 놀이터에 있는 아이를 다시 보게 되었는데, 유심히 살피니 아이가 혼자는 아니었다. 아이와 얼마간 떨어진 자리에 한 여자가 있었고 아이는 여자를 '이모'라고 불렀다. 여자는 아이를 돌봐 주는 사람인 듯했지만, 같이 놀아 주기보다 벤치에 앉아 주로 휴대폰에 시선을 두었다.

아이는 엄마 아빠의 퇴근을 기다리는 것 같았다. 조금 전 보았던 자리에 아이가 없어 둘러보면 다른 곳에서 여전히 놀고 있었다. 맞은편이 비어 있는 시소를 탔고, 미끄럼틀을 거꾸로 올라갔다. 여자는 간간이 고개를 들어 아이를 확인할 뿐이었다. 아이가 탄 그네가 하늘로 높이 올라갈 때, 나는 불안하게 그 모습을 지켜보았다. 창문은 일부러 닫지 않았다. 책상 앞에 앉아 영어 단어 몇 개를 끄적이면서 수시로 밖을 내다보았다.

"아빠!"

아이의 외침은 짧고 가벼웠다. '빠'라는 말을 길게 늘이지 않고 스타카토처럼 똑 끊었다. 아이는 다다다 뛰어가 아빠에게 안겼다. 아빠는 평범한 사복 차림이라 겉으로 봐서는 직업을 짐작할 수 없었다. 어디에서, 무슨 일을 하고 왔을까. 위험에 빠진 사람도 구했을까. 생각이 자연스레 따라붙었다. 아빠의 손을 잡은 아이가 시야에서 사라지고 난 다음에야 나는 창문을 닫았다. 이후로 아이가 놀이터에 있는 날에는 자주 밖을 내다보게 되었다.

조그만 아이가 왜 자꾸 신경이 쓰이는 건지 스스로도 의아했는데, 그건 내게 앙금처럼 남아 뒤섞여 있던 감정이 아이에게 번져 갔기 때문인지도 모른다.

나를 낳고 반년이 지났을 즈음 엄마 아빠는 출산, 육아 휴가를 마치고 회사에 복귀했고, 그때부터 나는 할머니와 살았다. 자동차로 30분 정도 거리를 두고 평일에는 할머니와, 주말에는 엄마 아빠와 보냈다. 워낙 어릴 때부터 이어진 생활이라 나는 할머니와 지내는 환경에 익숙해 그곳을 내 집이라 여겼다. 할머니 집에는 장난감도 많았고 놀이터에 나가면 동네 친구들을 쉽게 만날 수 있었다. 초등학교를 거쳐 중학교도 할머니 집에서 다녔다.

최유정과는 중학교 2학년 때 같은 반이었다. 절친까지는 아니어도 제법 친한 편에 속했다. 체육 시간에 댄스 파트너가 된 뒤로 말을 트기 시작해서, 수업이 끝나고 같이 하교하기도 했고 학원 시간이 애매한 날에 함께 밥을 먹은 적도 있었다. '오며가며'는 최유정 덕에 가게 되었다. 이름처럼 오며 가며 그곳에 분식집이 있는 건 보았지만, 대부분 학원 근처에서 끼니를 해결했기 때문에 들어가지는 않았었다.

"계속 오게 될걸."

최유정이 자신 있게 예언했다. 음식이 나왔을 때 최유정은 "태어나서 먹은 음식 중에 이모가 해 준 떡볶이가 최고 맛있어요." 하며 엄지를 세워 보였고, 분식집 이모는 겨우 떡볶이가 최고면 어떡하느냐고, 아직 안 먹어 본 게 많아 그런 거라면서도 만면에 웃음을 지었다. 몹시 즐거워 보이는 이모의 표정이 음식에 양념처럼 스며들었다. 나는 떡볶이를 한 입 먹고서 최유정의 말뜻을 이해했고, 남은 떡볶이를 다 먹을 때까지 특별한 레시피를 발견한 것처럼 그 맛을 음미했다.

그날 나는 최유정과 많은 대화를 나누었다. 전혀 몰랐던 사실도 듣게 되었는데, 최유정은 네 살 때부터 보육원에서 지낸다고 했다. 마치 내가 할머니네 집에 산다고 말하는 것처럼 거리낌 없이 얘기했다. 내가 놀라자 최유정은 오히려 "몰랐어?"라며 의외라는 반응을 보였다. 최유정이 가볍게 털어놓아서 나도 아무렇지 않은 척 어색해진 표정을 수습하려 했지만, 이미 들켜 버린 뒤였다. "뭐가 그렇게 심각해?" 최유정은 쾌활하게 웃었다. 그러고는 보육원 생활에 대해 이것저것 말했다. 전에는 언니 오빠 들이 많았는데 지금은 동생들이 많아진 게 나름 고충이라고 했고, 한 사람씩 생일을 챙기다 보면 매달 파티를 하게 된다는 등의 일상 얘기였다. 최유정의 말만 들어서는 보육원에서 지내는 데에 전혀 불편한 점이 없어 보였다. 어쨌든 나도 좀 차분해진 시선으로 최유정을 볼 수 있었다.

"근데, 내가 진짜 싫어하는 날이 있거든."

최유정이 미간을 좁히며 말했다. 긍정적인 애라 뭐가 그렇게 싫을까 궁금했다.

"크리스마스. 예전에는 제일 좋아한 날이었는데."

김밥을 입에 넣으며 최유정은 고개를 설레설레 저었다. "크리스마스는 대부분 사람들이 좋아하는 날 아닌가." 나도 어느덧 편하게 대꾸하기에 이르렀다. 반면에 최유정은 예전에는 사람들이 찾아와서 북적거리는 게 좋았다면, 이제는 그 반대라며 쏩쓰레하게 말했다.

한때는 크리스마스에 선물을 한아름 안고 오는 사람들이 최유정에게 모두 산타 할아버지였다. 실제로 최유정은 산타 할아버지의 존재를 초등학교 2학년 때까지 믿었다고 했다. 그 부분에서 나는 실소를 터뜨렸다.

나는 여태껏 산타 할아버지를 온전히 믿은 적이 없었다. 우선 가족 모두가 크리스마스를 특별하게 여기지 않았다. 달력에 표시된 여느 공휴일과 다를 바 없었다. 초등학교 저학년 때까지 선물을 받기는 했는데, 엄마 아빠가 준비한 크리스마스 선물은 산타 할아버지 손을 빌리지 않고 직접 내게 전달되었다. 책에서 산타 할아버지의 얘기를 읽었을 때 나는 이미 그 실체를 알고 있었고, 그러다 보니 유치원 행사에 등장한 산타 할아버지가 누구인지도 바로 알아채는 아이였다. "이사장님인데." 원장님의 남편이라는 내 말을 극구 부인하던 아이를 나는 정말 바보 같다고 생각했었다. 나는 최유정의 순진무구함을, 최유정은 나의 현실감을 놀라워하며 우리는 그날 서로를 조금 더 들여다볼 수 있었다.

최유정은 겉보기에 그리 눈에 띄는 편은 아니었다. 잘 웃고 대체로 명랑했으며 모나지 않게 행동했다. 최유정과 얘기를 나누다 보면 잘 통하기도 했지만, 산타 할아버지에 대한 추억만큼이나 다른 점도 많았다. 일단 나는 가만히 있어도 눈에 띄었다. 나를 모르는 선생님이 없었고, 다른 반 애들도 내 이름을 알 정도였다. 이유는 하나. 공부를 잘했다.

나는 공부가 재미있었다. 계획을 세우고 하나씩 실천해 나가는 과정 자체에 성취감이 들었다. 좋은 점수는 의욕을 돋워 주었고, 때론 방패막이 되어 특혜를 받기도 했다. 가족들이 뿌듯해하는 건 당연했다. 할머니가 맨날 자랑하고 다녀서 동네에 내가 전교 1등이라는 걸 모르는 사람이 없었다. 좋은 성적을 가지고 뭘 할지 정하지 못했다는 게 유일한 고민이었다.

그렇게 1학기가 어느 정도 지나갈 즈음까지 별문제가 없었는데, 돌이켜 보면 문제가 없는 게 아니라 내가 느끼지 못했다는 게 맞을 것이다. 우리 반에 감도는 어두운 기운을. 언제나 공부가 일 순위였던 나는 그 안에서 안전하게 지냈으니까.

문제를 알아차리게 된 건 내가 뱉은 말 한마디 때문이었다. 정말이지 다른 뜻은 전혀 없었다. 고궁으로 현장학습을 가는 날,

자율 복장이 허락되어 다들 외모에 한껏 신경 쓴 티가 났다. 이상 고온으로 꽤 더운 날이었는데 최유정은 스웨터를 입고 왔다.

"안 더워?"

버스에 올라타 앞자리에 앉은 최유정 곁을 스치면서 나는 가볍게 말했고, 최유정도 "약간?" 대답하면서 웃어넘겼다. 좌석에 앉아서 다시 보니, 최유정의 옷은 더워 보이기만 한 게 아니라 보풀이 일고 소맷부리에 얼룩까지 있었다. 외모를 꾸미는 데 관심을 두는 편이 아니라는 건 알았지만 생각보다 털털한 면이 있었다. 최유정이 그 옷을 선택한 이유는 개의치 않았다. 날씨가 더운 줄 몰랐거나 좋아하는 옷일 수도 있고, 그날따라 그 옷이 입고 싶었을 수도 있는 거였다. 내게도 유난히 애착이 가서 해질 때까지 입고 다닌 옷이 있어 그런가 보다 했다.

그날, 그 순간이었는지는 확실하지 않다. 아이들에게 빌미가 된 것이. 분명한 건 버스에 탈 때 내 뒤로 박연이가 올라왔다는 것과 현장학습을 다녀온 다음부터였다는 사실이다. 교실에서 최유정의 자리에 뭔가가 쌓이기 시작했다. 낡은 옷가지와 운동화, 끈이 떨어진 가방 같은 것들이 최유정이 등교하기 전부터 놓여 있었다.

"너 이런 거 좋아하잖아? 우리 유정이 취향이 참 독특해."

박연이는 노골적으로 빈정댔다. 그렇게 발화가 시작된 일은 차츰 번져 나갔다.

나날이 쌓이는 쓰레기에 최유정은 아침마다 난감해하면서도, 무표정하게 쓰레기를 치운 뒤 자리에 앉았다. 신경이 쓰였지만 그러다가 말 줄 알았다. 나에게 박연이 같은 애들은 성가신 존재였다. 내 쪽에서 무시한 채 지냈기 때문에, 최유정이 무심한 태도로 일관하는 것도 하나의 방법이라 여겼다. 그즈음 나는 학원 스케줄이 빡빡해져 수업이 끝나는 즉시 서둘러 학교를 나와야 했다.

얼마간 시간이 흐르면서 교실 안에서의 일은 잠잠해지는 듯했는데, 어느 날 최유정이 박연이 무리에 끼어 하교하는 걸 보았다. 왜? 라는 의문에 대한 답을 나는 짐작할 수 있었다. 최유정은 전처럼 웃지 않았다.

그 시작이 어디일까 생각할 때마다 나는 가슴이 옥죄어 왔다. 그러면서도 한 걸음 뒤에서 최유정을 흘끗거릴 뿐이었다. 최유정에게 다가가는 게 어색하고 불편해졌다. 말을 걸었다가 나 때문이라고 할까 봐 지레 최유정의 시선을 피했다. 교실에 들어서다가 때마침 밖으로 나가려던 최유정과 딱 마주친 적이 있었다. 바로 앞에서 눈길이 오갔는데 나도 모르게, 거의 반사적으로 비켜서서 괜히 다른 애의 이름을 부르며 교실로 들어갔다. 미안하다고 할 수도 없고 별일 없다는 듯 말을 걸 수도 없었다. 등 뒤에 있던 최유정의 표정이 어땠는지 나는 알지 못했다.

서서히 가까워지던 관계는 대번에 뒤로 물러나 나중에는 서로 눈도 맞추지 않는 사이가 되었다. 최유정 역시 나에게 말을 붙이지 않았는데, 최유정은 나뿐만 아니라 반 모두에게 그랬다.

나중에는 내가 한 말이 아니어도 벌어질 일이었다고 치부했다. 나 아닌 다른 사람 일에 휘말리고 싶지도 않았다. 그게 최유정이 아니라 누가 되었든. 딴 일에 관심을 갖고 시간을 허비하게 되면, 내가 세운 계획이 어긋나고 내 하루의 루틴이 산산조각 날 것만 같았다. 나는 속으로 최유정이 잘 버티기만을 바랐다. 그건 각자의 몫이라고 생각했다. 되돌아보니 최유정과 그리 친했던 것 같지도 않았다. 산타 할아버지를 염원했던 아이와 그 존재를 부정했던 내가 마음이 맞을 리 없었다.

3학년에 올라가면서 최유정과 나는 다른 반이 되었다. 하지만 최유정의 불행은 끊어질 기미가 보이지 않았다. 하필 박연이와 같은 반이 된 것이다. 그때 나는 최유정을 위해 한 번 더 빌었다. 일 년만 있으면 졸업이잖아. 나도 널 응원할게. 그것으로 내 할 일을 다 한 듯 물러났다.

최유정이 학교 건물 옥상에 서 있던 날에도 나는 열람실에서 수학 문제를 풀고 있었다. 끙끙 앓던 문제의 정답이 맞아떨어지는 순간, 휘파람이 절로 나왔다. 홀가분하게 펜을 내려놓고 기지개를 켜는데 평소와 다르게 열람실 안이 웅성거렸다. 수학 문제에 집중하느라 어수선한 분위기를 미처 느끼지 못했던 거였다. 아이들 몇이 밖으로 뛰어나가고, 또 몇이 뛰어 들어왔다.

"3반 최유정이래."

누군가 다급하게 외친 말에 나는 그만 얼어붙었다. 찰나에 최유정의 목소리, 말투, 표정이 스쳐 지나갔다.

"소방관이 되는 게 내 꿈이거든. 나도 다른 사람을 돕고 싶어."

야심만만하게 말하던 최유정의 눈빛이 순식간에 가슴을 할퀴고 지나갔다.

책상에 엎드렸다. 좀체 공부에 집중이 되지 않았다. 할머니네 집을 떠나 엄마 아빠와 살게 된 지 벌써 일 년이 다 되어 가는데, 나는 아직도 친척 집에 놀러 온 아이처럼 어딘가 불편했다. 내가 완전히 엄마 아빠의 집으로 옮겨 온 건 이제는 나 혼자서도 많은 일들을 알아서 할 수 있는 나이가 된 데다가, 할머니의 건강과 나의 진학 문제까지 고려한 결정이었다.

중학교에 입학할 당시 계속 할머니네 집에 있겠다고 억지를 부렸던 것과 달리, 고등학교에 입학하면서는 내가 나서서 짐을 꾸렸다. 학원도 집 근처로 옮기고 계획도 새로 세웠으나, 막상 고등학교에 올라오고 나서 성적이 예전 같지 않자 엄마 아빠는 여러 가지로 원인을 추측했다. 공부 환경이 갑자기 바뀌었나 의심하다가 나중에는 할머니 집이 공부가 잘되는 터인가, 하는 터무니없는 추론까지 내세웠다. 중학교 때의 성적을 유지하는 게 쉬운 일이 아닌 줄 알면서도, 갈수록 하락하는 내 점수에 엄마 아빠는 실망하는 중이었다.

정작 나는 이상할 정도로 무덤덤했다. 곧 있으면 기말고사인데 전처럼 조바심이 나지 않았고, 공부에 흥미도 떨어졌다. 언제부터인가 실패한 느낌이 들었다. 그 대상이 뭔지 몰라도 내가 진 기분에 사로잡혀 어디에도 마음을 붙이지 못했다. 전보다 크고 깔끔한 방에 있는데도 내 방이 아닌 다른 곳에 와 있는 것 같았고, 놀이터 풍경만 할머니와 살던 동네에서 그대로 옮겨다 놓은 듯 비슷해서 나는 때때로 창밖을 가만 내려다보고는 했다.

혼자 있는 아이를 보게 된 것도 그래서였다. 아이의 집이 새로 이사를 온 201호라는 건 그 뒤에 알았고, 아이 아빠의 직업을 들은 건 그보다 나중의 일이었다. 아이를 눈여겨보기 시작한 후로도 알은척하거나 말을 걸지 않았다. 그런 건 오지랖 넓은 어른들이나 하는 일이라고 생각했다. 아이의 일에 내가 느닷없이 끼어들게 되리라고는 전혀 예상하지 못한 채.

"제가 뭘요?"

빽 내지르는 소리에 문득 고개를 들었다. 토요일이라 학원 수업을 일찍 마치고 돌아오는 길, 아파트 현관 입구에 낯익은 두 사람이 서 있었다. 101호 할머니와 201호 아이. 아이는 킥보드에 한 발을 걸치고 양손은 손잡이를 꽉 움켜쥔 채, 헬멧 아래에서 눈을 치떴다. 할머니는 마트에라도 가는 길인지 바퀴 달린 빈 카트를 세워 두고 아이를 내려다보았다. 마침 너 잘 만났다, 하는 표정으로.

"너 저번에 마루에서 줄넘기 했냐, 안 했냐?"

할머니가 아이 앞으로 삿대질을 하자, 아이는 살짝 움츠러들었다. 나는 느리게 걸어가며 그들의 싸움을 구경했다. 아마도 둘 사이의 갈등은 처음이 아닌 듯했다.

"딱 한 번이거든요! 줄넘기 연습하고 싶은데 비 와서 어쩔 수 없었단 말이에요. 그때 할머니가 올라오셔서 제가 사과드렸잖아요."

아이는 한마디도 지지 않았는데, 와중에도 꼬박꼬박 존대를 붙이는 게 대견해 보이기까지 했다. 할머니는 어처구니없다는 듯이 "한 버언?" 하며 말꼬리를 늘였다.

"통통 공 차고 밤낮없이 뛰면서 소리 지르고, 그게 너 아니면 누구냐? 3층 사는 걸음마도 못 뗀 애기가 그랬을까, 4층 사는 내 친구 부부가 그랬을까?"

할머니가 따지자 아이는 씩씩거리기만 할 뿐 대꾸하지 않았다.

찔리는 구석이 없지는 않은 모양이었다. 그러다가 내가 옆을 지나칠 때 대뜸 손가락을 들어 나를 가리켰다.

"저 언니 5층 살아요!"

아이의 말에 나는 놀라 걸음을 멈추었고, 할머니도 곁눈질로 나를 봤다. 나는 어정쩡하게 인사했다.

"얘는 공부하는 애잖아."

할머니가 나를 대변하자 아이는 "공부를 하는지 공을 차는지 할머니가 보셨어요?"라면서 맞받아쳤다. 무조건 자기를 범인으로 모는 상황이 못내 억울한 표정이었다.

"난 아니야. 저 아니에요."

나는 둘을 번갈아 보며 강하게 부정했다.

"공동주택에서는 위아래 층 소음만 들리는 거 아니거든요! 벽을 타고 소리가 다 흐른다고요. 걸음마도 못하는 애기가 소리 질렀을 수도 있고, 할머니 친구가 바닥에 뭘 쿵 떨어뜨리셨을 수도 있는데 왜 저한테만 그러세요?"

똑 부러지고 조리 있는 설명이었다. 나를 또 걸고넘어지지는 않았다. 할 말을 찾지 못했는지 할머니는 잠시 주저하더니 본론에서 벗어난 이야기로 아이를 공격하기에 이르렀다.

"그렇게 해서 너 크리스마스 때 산타한테 선물은 받겠냐? 하긴, 이사를 왔으니 산타가 찾아올 수도 없겠지."

약간은 비아냥거리는 어조였다. 그러고 보니 크리스마스가 얼마 남지 않았다. 기말고사를 망친 뒤에 맞을 크리스마스. 별로 생각하고 싶지 않았다. 어차피 내게는 무의미한 날이다. 산타 할아버지는 애초에 믿은 적도 없고, 이제는 크리스마스라고 산타 차림을 하고서 선물을 줄 사람도 없으니까.

101호 할머니의 말에 아이는 입꼬리를 올려 치, 소리를 뱉었다. "누가 착한 앤지 나쁜 앤지도 다 아는데, 산타 할아버지가 저 이상한 거 모르겠어요?"

아이는 그 당연한 걸 모르냐는 투로 따졌다. 할머니는 뭔가를 더 말하려다가 "어휴, 내가 말을 말아야지." 하며 손을 휘휘 내저었다. 또 한 번만 시끄럽게 하면 아빠한테 혼쭐을 내 주라고 할 거라며 경고를 날린 뒤에야 카트를 끌고 갈 길을 갔다.

산타 할아버지에 대한 아이의 믿음은 굳건했다. 일말의 의심도 한 적 없다는 듯이. 그런 마음은 어떻게 가능할까. 진실을 알게 될 때의 심정은 어떨까.

"근데 산타 할아버지 좀 너무하지 않아?"

최유정이 말했었다. 우는 애들한테는 선물도 안 주고 짜증 내고 장난하는지 감시나 하고. 애들이 서러우면 울 수도 있고 기분 나쁜 일이 있으면 화도 내는 거지, 그게 왜 잘못이냐면서 불만을 내뱉었다. 애들한테만 선물을 주는 것도 차별이라고 했다. 선물을 받고 싶은 건 누구나 마찬가지라고. 듣고 보니 그렇기는 한데 초등학교 2학년 때까지 산타 할아버지를 믿었다는 애가 할 법한 소리는 아닌 것 같았다. "산타 할아버지 편인 줄 알았는데."라고 말하자, 최유정은 금방 시무룩해졌다.

"그래서 배신감이 컸나 봐. 의심 없이 믿기만 해서."

최유정은 진심이었다. 믿음도 실망도. 산타 할아버지가 아닌 다른 사람에게도 그랬는지 모른다. 기대했던 만큼 서운하고 상처받았을지도 모르는 일이었다. 거기에는 최유정과 인연이 있던 많은 사람들이 포함되어 있을 것이다. 아마 나도.

잔뜩 뾰로통해진 201호 아이와 나란히 서서 엘리베이터를 기다렸다.

"어떻게 알았어? 나 5층 사는 거."

엘리베이터가 내려오다 중간에 멈춰 섰을 때 슬쩍 물어보았다.

"저번에 창문으로 나 내려다보는 거 봤어요."

아이는 여태 할머니한테 화가 안 풀렸는지 뚱하게 대답했다. 나는 "너 본 거 아닌데." 하며 태연하게 둘러댔다. "501호 우편함에서 뭐 꺼내는 것도 봤고요."라는 말에는 픽 웃고 말았다. 5층에 사는 게 비밀은 아니니까. 엘리베이터가 오고 아이는 2층에서 먼저 내렸다. "씽씽이 때문에 엘리베이터 탄 거예요." 아이가 내리면서 해명하듯 말했고, 상관없다는 뜻으로 나는 어깨를 으쓱해 보였다. 엘리베이터 문이 막 닫히려고 할 때 열림 버튼을 눌러 문을 잡았다.

"이름이 뭐야?"

도어록의 비밀번호를 누르다 말고 아이는 얼른 손으로 숫자를 가렸다.

"소원이요, 윤소원. 여섯 살."

아이는 이름과 나이까지 알려 주었다. 윤소원, 내가 나직이 이름을 되새기는 사이 엘리베이터 문이 닫혔다.

방에 들어와 가방을 던져 놓고 침대에 누웠다. 3층엔 아기가 있구나. 저번에 유모차에 있던 그 아기인가. 남자아이 같던데 아닌가. 1층 할머니와 4층 할머니는 친구였어. 이웃에 살면서 알게 된 사이인가. 혹시 노인정 단짝? 우연히 듣게 된 정보가 흥미로웠던 건, 그만큼 재미있는 일이 없어서였다.

아침에 눈을 뜨면 가방을 메고 학교에 가고, 시간이 되면 학원에 갔다가 집에 온다. 수업을 듣고 숙제를 하고 시험을 치르고. 하고 싶은 일도, 되고 싶은 것도 없다. 특별히 관심 가는 것도 없이 대부분의 일에 시큰둥했다. 무엇에도 몰입할 힘을 얻지 못한 채 나는 하루하루를 보내고 있었다. 소방관, 그 말이 아니었더라면 소원에게도 시선을 두지 않았을 것이다. 여운으로 남아 있는 단어가 한 아이에게 닿은 거였다.

몸을 돌려 모로 누웠다. 나는 왜 단 한 번도 산타 할아버지를 믿지 못했는지 조금은 의아하고 조금은 속상했다. 소원의 말을 듣고 나니 그런 기분은 한층 더해졌다. 혹시 산타 할아버지는 나에게만 오지 않은 걸까. 산타 할아버지에게 선물을 받을 수 있는 나이는 몇 살까지일까. 최유정의 말마따나 이런저런 차별이 있어서 좀 치사하다는 생각이 들었다. 산타 할아버지가 그런 잣대로 선물을 준다면 나도 받지 않겠다고 하고 싶지만…… 실은 산타 할아버지가 보고 싶었다. 한 번쯤은 진심으로 믿고 싶었다. 나에게 어떤 선물이 올까 기대하고 싶었다. 아주 오래전 최유정처럼. 실망하는 순간을 마주하더라도 그렇게 하고 싶었다.

무언가에 관심을 둔다는 건 신기한 면이 있었다. 내가 느끼지 못하는 사이에 그 안으로 스며들게 되었다. 자의든 타의든. 좋은 의도든 아니든. 아마도 101호 할머니는 후자에 속할 거라 생각했는데…….

"학생! 501호!"

바닥만 내려다보며 터덜터덜 집으로 가던 중이었다. 누가 부르는 것 같아 돌아보았으나 아무도 없었다. "여기!" 다시 소리가 나서 두리번거렸더니 화단 안쪽 베란다에 101호 할머니가 나와 있었다. 가까이 오라는 손짓을 해서 다가가자, 할머니는 소망인지 희망인지를 오늘 못 봤냐고 물었다.

"아, 소원이요?"

되물으며 나는 고개를 저었다. 시험을 마친 뒤라 일찍 끝나기는 했지만, 아침에 나갔다가 이제 오는 길이라 누구를 마주칠 여유는 없었다. 할머니는 어쩐지 근심스러워 보였다.

"왜 조용하지?"

어제부터 위층이 이상하리만치 고요하다는 거였다. 오전에도 소원의 아빠가 나가는 건 봤는데, 소원은 코빼기도 안 보인다고 했다. 평소 유치원에 갈 시간에도 나오지 않았다. 어딜 가서 집에 없을 수도 있고, 조용히 놀 수도 있는 건데 할머니는 그렇게 생각하지 않는 것 같았다.

"이 동네에 친척도 없다고 했거든. 애 봐 주는 사람도 갑자기 그만뒀다 그랬고. 아, 내가 그저께 하도 시끄러워서 올라갔었는데 그날은 애 아빠가 있더라고. 죄송하다는데 어떡해, 그냥 내려왔지. 근데 어제 오늘은 영 이상하단 말이야."

할머니는 걱정인지 불만인지 모를 넋두리를 늘어놓았다.

"조용하면 좋은 거 아니에요?"

내 물음에도 할머니는 찜찜한 표정을 거두지 않았다. 그러더니 나를 지그시 바라보았다. 많은 의미를 담은 얼굴로.

몇 분 뒤, 나는 201호 앞에 서 있었다. 뭐 하는 건가, 하면서도 올라가는 길에 애가 잘 있는지 확인만 해 달라는 할머니의 부탁을 거절할 수 없었다. 시끄럽다고 야단칠 때는 언제고 조용하니 불안해하는 이유는 뭔지. 궁금하면 직접 찾아가면 될 일을 왜 나한테.

초인종을 눌렀지만 인기척이 없었다. 아무도 없는 것 같아 돌아서려 할 때에야 잠금이 해제되고 문이 열렸다. 소원이 빼꼼 얼굴을 내밀었다. 문손잡이를 두 손으로 꼭 쥐고 나를 올려다보았다. 내복 차림에 헝클어진 머리카락이 얼굴에 달라붙어 있었다. 예전에 주말이면 엄마 아빠 집에 있을 때의 내 모습이랑 비슷했다. 할머니랑 있을 때는 아침마다 머리를 양 갈래로 땋았는데, 그렇게 하면 하루 종일 놀아도 쉽게 흐트러지지 않았다.

내가 빤히 내려다보자 소원이 머리카락을 쓸어 넘겼다.

"누군지 알고 함부로 문을 열어?"

나는 엉뚱한 말을 꺼냈다. "모니터로 봤어요. 501호 언니인 거." 소원은 또박또박 대답했다. "유치원 안 갔어?" 묻자 "열 있다고 아빠가 집에 있으래요." 했고 "지금은?" 다시 물었더니 "아직도 조금 있는 것 같아요." 하면서 제 이마를 짚었다. 어쨌거나 소원이 무탈한 걸 확인했으니 내 임무는 끝난 셈이었다. 내려가서 얘기할 필요도 없는 게 101호 할머니는 현관 밖에 나와 모든 대화를 듣고 있었다. 내가 "됐죠?" 하고 아래층을 향해 소리치자, 할머니는 두어 번 헛기침을 했고 이내 문 닫히는 소리가 들렸다. 소원은 무슨 일인가 하는 얼굴로 나를 쳐다봤다. 그냥 돌아서기에는 왠지 발길이 떨어지지 않았다. 혼자 안 무섭냐고 물었더니, 소원은 아빠가 빨리 오기로 했는데 비상 출동이 생겨 늦어지는 거라면서 괜찮다고 제법 의젓하게 굴었다. 엉망이 된 소원의 머리카락 때문이었을까. 아니면 나를 향한 눈길 때문이었을까. 나도 모르게 물었다.

"같이 놀래?"

놀아 줄까, 도 아니고 같이 놀자니. 내가 이 꼬맹이랑 뭘 하려는 거지? 싶은 순간, 소원은 기다렸다는 듯이 내가 들어갈 수 있게 냉큼 비켜서며 문을 열어 주었고, 나는 이끌리듯 현관 안으로 발을 들여놓았다.

앞서 쪼르르 들어간 소원은 가지고 놀던 장난감을 자랑하듯 펼쳤다. 할머니가 만들어 주었다는 인형, 최근에 생긴 블록과 생일 선물로 받은 원피스까지 가져와 차례로 늘어놓았다. 내가 뭐라고 할 사이도 없이 소원은 쉬지 않고 조잘거렸다.

"안 아픈 거 같은데?"

"아까는 아팠는데 나아졌어요."

소원은 작은 인형들을 내 앞에 앉혀 놓고 일일이 이름을 읊었다. 종일 혼자 있어 심심했는지 같이 놀 사람이 생긴 걸 굉장히

반가워하는 듯했다.

집 안을 둘러보았다. 집은 깨끗하고 정리정돈도 잘되어 있었다. 거실 한쪽에는 크리스마스트리가 놓여 있고 트리 주위에도 인형들이 앉아 있었다.

거실에는 액자도 여러 개였다. 대부분 소원의 사진이었고, 소원의 엄마 아빠 사진도 더러 보였다. 아빠가 소방관인 건 알았지만 엄마도 소방관인 줄은 몰랐다. 똑같은 옷을 입은 부부가 사진 속에서 환한 얼굴을 하고 있었다. 가족사진에서는 아기였던 소원이 엄마 품에 안겨 있었다.

"아기 때네."

사진에 관심을 보이자 소원은 그날의 기억을 설명했다. 부끄러워서 울었던 거라고, 아주 조금 울었을 뿐이라고. 그러고 보니 소원의 눈과 입에 울음이 옅게 걸려 있었다. 나는 피식 웃었다.

"참, 언니는 왜 이름 안 말해요? 나는 여섯 살인 것도 알려 줬는데."

"고푸름이야. 내 이름."

"예쁘다."

소원이 눈을 동그랗게 떴다. 그러더니 막 생각난 듯이 제 이름의 비화를 들려주었다.

"엄마가 딸 하나만 있으면 소원이 없겠네, 그래서 내 이름을 소원이라고 지었대요."

그제야 나는 계속 이상하다고 느낀 게 무엇인지를 알았다. 소원의 눈치를 살짝 살피고 물었다.

"엄마는?"

소원이 아빠와 있는 건 자주 보았지만 엄마랑 있는 건 본 적이 없었다. 나는 궁금해졌다. 아직 해맑기만 한 이 작은 아이의 짧은 시간이. 그 시간 동안 사랑을 주었을 사람들이.

소원은 불쑥 손가락 네 개를 펴 보였다.

"네 명이래요."

뭐가? 하는 얼굴로 소원을 보았다. 어지러이 널려 있는 블록을 쌓으며 소원이 밝게 말했다.

"엄마가 생명을 준 사람이요."

뜻밖의 대답이 나와서 당황스러웠다. 소원에게 표정을 들키지 않으려고 괜히 블록을 만지작거렸다. 다행히 소원은 블록 만들기에 정신이 팔려 있었다.

나는 사진 속 여자의 얼굴을 다시 돌아보았다. 마지막까지 놓을 수 없었던 가장 소중한 건 무엇이었을까.

그때 나는 최유정이 떠올랐고, 어렴풋이 최유정을 이해할 수 있을 것 같다는 생각이 들었다. 최유정이 품었던 마음을, 꾸었을 꿈을, 그 안에 담겨 있었을 간절함과 소중한 걸 지키기 위해 했을 선택을. 옥상 위에서 마음을 고쳐먹기까지 최유정의 심정이 어땠는지, 무슨 생각을 하고 어떤 갈등을 했는지 조금이나마 느낄 수 있었다. 그리고 또 한 가지. 내가 최유정에게 한 잘못이 무엇인지도.

그날 최유정은 건물에서 뛰어내리지 않았다. 내가 나갔을 때는 긴박한 상황이 끝난 다음이었다. 학교가 발칵 뒤집혔지만 최유정은 스스로 위험한 자리에서 물러났다. 학생들과 교사들 모두가 가슴을 쓸어내리면서도 학교를 떠나는 최유정을 잡은 사람은 없었다. 나 역시 혼자 운동장을 걸어 나가는 최유정의 뒷모습을 멀찍이 보았을 뿐이다.

그 이후로 최유정을 만나지 못했고 소식도 듣지 못했다. 엄마 아빠 집으로 오고 나서는 할머니네 집은 어쩌다가 갔고, 가더라도 오래 머물지 않았다. 몇 번은 최유정 생각이 나기도 했지만 그때뿐이었다. 나는 매 순간을 그저 모른 척 넘겨 버렸다.

내가 최유정에게 잘못한 건 무심코 뱉은 한마디가 아니었다. 최유정이 자신의 속을 내비쳤을 때 흘려들었던 것, 최유정의 꿈을 대수롭지 않게 여기고 최유정의 간절함을 가볍게 넘긴 것. 그리고…… 최유정의 기다림을 외면한 것. 내 안에 자리한 응어리가 어디에서 비롯되었는지 비로소 알 것 같았다. 나의 관심은 오직 나에게만 집중되어 있었다. 함께 나눌 수도 있었을 텐데. 좋은 것도, 힘든 것도. 하지 못한 말이 입안을 맴돌았다.

"언니, 왜요?"

소원이 말똥거리며 물었을 때에야 정신을 차렸다.

"대단하다. 소원이 엄마."

나는 진심으로 말했고, 소원은 자기가 칭찬을 받은 듯 뿌듯한 얼굴로 웃었다.

며칠 뒤 학원 수업까지 마치고 집에 돌아오자, 엄마가 먼저 퇴근해 있었다. 그대로 방으로 들어가려는데 엄마의 한마디가 나를 붙잡았다.

"선물 왔어."

소파에 반쯤 누워 엄마는 턱으로 식탁 위를 가리켰다. 식탁 위에는 밀폐 용기와 포장된 작은 상자가 놓여 있었다. "뭔데?" 내가 묻자 엄마는 101호랑 201호에서 가져온 거라고 했다.

"101호 할머니 심부름 한 적 있어? 공부할 때 먹으라고 주시더라."

밀폐 용기 안에는 윤기가 흐르는 호두강정이 들어 있었다. 견과류 별론데. 그래도 할머니가 직접 만든 강정이라니 큰맘 먹고 한 알을 입에 넣었다. 달짝지근하고 바삭해 과자 같았다. 상자의 포장도 풀어 보았다. 안에 들어 있는 카드를 누가 썼는지 한눈에 알 수 있었다.

— 저랑 놀아 주셔서 감사합니다!

삐뚤빼뚤한 글씨를 보니 웃음이 새어 나왔다. 상자에는 작은 인형도 있었다. 호랑이가 확실하지만 고양이처럼 귀여운 인형이었다. 가방에 걸기 딱 좋아 보였다. 호두강정 하나를 더 입에 넣고 카드와 인형을 챙겼다.

"아빠랑 같이 올라왔더라. 관심 가져 줘서 고맙다면서 애한테도 깍듯이 인사를 시키더라고. 참, 도우미도 구했대."

소원의 소식을 알려 주며 엄마는 의외라는 얼굴로 나를 살폈다. 요즘의 나와 달라서인지 그런 변화를 달갑게 여기는 것 같았다. 뭔가 설명해 주기를 바라는 눈치였지만, 나는 엄마의 궁금증을 뒤로하고 내 방으로 들어왔다.

소원이 준 인형을 가방에 달았다. 귀여운 호랑이가 마치 수호신이라도 되는 것처럼 든든했다. 톡톡 건드리자 인형은 한 바퀴를 빙글 돌아 제자리로 왔다. 책상에서 두 손으로 턱을 고이고 물끄러미 인형을 보았다. 산타 할아버지에게 선물을 받으면 이런 기분일까. 대단하고 중요한 게 아니더라도 가슴 한편이 따뜻해지는 느낌. 어쩌면 산타 할아버지는 우리가 익히 알고 있는 모습이 아닐지도 모른다. 빨간색 깔맞춤 의상이라니. 시대도 바뀌었는데 너무 촌스러운 거 아닌가.

산타 할아버지가 어디에서 어떻게 오는지 모르지만, 선물을 싣고 떠나는 설렘만큼은 짐작할 수 있었다. 어떤 게 좋을까 고민하고, 선물을 받는 상대방의 모습을 상상하는 것. 그러고 보면 선물은 오히려 산타 할아버지가 받는 거 아닐까 생각하자 역시나 뭔가 좀 못마땅했는데…… 그 진심이 느껴지는 건 또 왜일까.

가만히 몸을 일으켰다. 휴대폰을 들고 한참을 있다가 마침내 할머니에게 메시지를 보냈다. 방학 때 할머니네 집에서 지내도 되는지 물었다. 평소처럼 나중에야 볼 줄 알았는데 웬일로 할머니는 금방 확인하고 답장까지 바로 보냈다. 기말고사는 끝났는지, 방학은 언제부터인지, 먹고 싶은 건 없는지 몇 줄이나 되는 질문을 메시지창에 쏟아 냈다. 시험은 끝났고, 방학은 다음 주이고, 할머니가 해 주는 건 다 좋다고 나도 답장을 보냈다.

잠시 뒤에 거실에서 엄마의 전화 받는 소리가 들렸다. "정말? 당연히 괜찮지." 하고 흔쾌히 말하는 걸 보니 전화한 사람은 할머니가 틀림없었다. 엄마가 반색하는 데는 여러 가지 이유가 있겠지만, 사실 내가 할머니 집에 가려는 건 나름의 계획이 있어서이다.

하고 싶은 말도, 꺼내고 싶은 마음도 덮어 두었다. 사실은 잘 몰랐다. 내 마음이 향하는 방향이 어디인지, 어떤 말과 행동을 해야 하는지도. 지금도 정확히 알지는 못하지만 이대로 혼자 나아가는 게 정답이 아닌 건 확실했다.

자리에서 일어나 창가에 섰다. 놀이터 주변에 걸린 크리스마스 장식에서 반짝거리며 빛이 났다. 한편으로는 들뜨고 다른 한편으로는 걱정되었다. 내가 내민 선물을 상대방이 어떻게 받아들일지 몰라서. 받는 사람의 입장과 기분을 헤아릴 수 없어서. 혹여 내 선물에 상대가 실망하더라도, 거절하더라도 이해할 수 있다. 나라도 그럴지 모르니까. 그래도 전해야 한다. 많이 늦었지만, 더 늦기 전에 이제라도.

산타 할아버지에게 부탁하고 싶었다. 이번 크리스마스에는 꼭 받고 싶은 선물이 있다고. 나는 모르고 지나쳐도 산타 할아버지는 나를 알아볼 것이다. 착한 일을 한 건 별로 없는 것 같지만 이기적이게도 나는 선물을 받고 싶었다.

내가 건네는 마음을 누군가 받아 주는 순간이 서로에게 선물처럼 찾아오기를.

그게 너라면

ⓒ 2024 이은용

초판인쇄 2024년 12월 5일 | 초판발행 2024년 12월 13일
글쓴이 이은용 | 책임편집 원선화 김지수 | 편집 강지영 이복희 | 디자인 김성령
마케팅 정민호 서지화 한민아 이민경 왕지경 정유진 정경주 김수인 김혜원 김예진
브랜딩 함유지 함근아 박민재 김희숙 이송이 김하연 박다솔 조다현 배진성
저작권 박지영 형소진 최은진 오서영 | 제작 강신은 김동욱 이순호 | 제작처 천광인쇄사
펴낸곳 (주)문학동네 | 펴낸이 김소영 | 출판등록 1993년 10월 22일 제2003-000045호
주소 10881 경기도 파주시 회동길 210 | 전자우편 kids@munhak.com
홈페이지 www.munhak.com | 카페 cafe.naver.com/mhdn
북클럽 bookclubmunhak.com | 트위터 @kidsmunhak | 인스타그램 @kidsmunhak
대표전화 (031)955-8888 팩스 (031)955-8855
문의전화 (031)955-3576(마케팅) (02)3144-3243, 3242(편집)
ISBN 979-11-416-0857-6   03810